래플스
호텔

래플스 호텔

무라카미 류 지음 | 정윤아 옮김

 큰나무

정윤아

1970년 인천 출생. 경희대학교 일어일문학과를
졸업했다. 기획서로 〈한국 기업 리포트〉〈내겐 너무 예쁜 나〉가 있고,
번역서로 〈나우시카를 읽는다〉〈새로운 노래를 불러라〉
〈알짜 인맥술〉〈그림동화 X파일〉 등이 있다.

래플스 호텔

초판 1쇄 인쇄 | 2004년 4월 1일
초판 1쇄 발행 | 2004년 4월 10일

지은이 | 무라카미 류
옮긴이 | 정윤아

펴낸이 | 한익수
펴낸곳 | 도서출판 큰나무

편집 | 유연화, 성효영, 김미진
관리 | 조은정
마케팅 | 박영구, 이영학

등록 | 1993년 11월 30일(제5-396호)
주소 | 120-837 서울시 서대문구 충정로 3가 3-95 2층
전화 | (02) 365-1845 ~6
팩스 | (02) 365-1847

이메일 | btreepub@chol.com
홈페이지 | www.bigtreepub.co.kr

값 8,900 원
ISBN 89-7891-186-2   03830

열대의 아름다운 백일몽

이것은 영화 '래플스 호텔'을 소설로 재구성한 것이다. 소설화 작업은 보통 시나리오를 기초로 해서 내용을 불려 가는 방법을 취하지만, 내 경우에는 영화를 거의 완성한 단계에서 소설작업을 시작했다.

영상 그 자체에는 기억을 자극하는 환상이 존재하지 않는다.

그러나 '래플스 호텔'은 달랐다.

이상하게 들리겠지만 '래플스 호텔'에는 이미지를 영상화시킬 수 있는 에너지가 담겨져 있었다.

열대의 아름다운 백일몽을 자극적으로 그려낼 수 있었던 것은 주연을 맡은 후지타니 미나코의 열연 덕분이다. 나는 그녀에게 영향을 받아 영화를 만들었고 소설을 썼다.

오해의 여지를 남기지 않기 위해 미리 말해 두지만, 소설과 영화 속의 주인공인 혼마 모에코와 후지타니 미나코는 동일 인물이 아니다. 현실 속의 후지타니 미나코는 혼마 모에코보다 훨씬 더 복잡하고 섬세하다. 만약 그렇지 않았다면 그 역할을 끝까지 해낼 수조차 없었을 것이다.

무라카미 류

| 차례 |

#뉴욕1
카리야 이야기

내가 그 여배우를 처음 만난 것은 1986년 뉴욕에서였다. 대기에는 아직도 싸늘한 기운이 남아 있던 3월의 끝자락……

나는 두어 달 가까이 체류할 요량으로 미국으로 건너갔다. UPI(미국의 통신사 — 역주)에 근무하는 클라우스 케처멘의 초대 덕분이었다.

클라우스와 나는 20년 전 함께 종군기자 생활을 하였다. 그는 UPI의 특파원이었고 나는 네가필름을 잘라 파는 무명의 프리랜서 카메라맨에 불과했지만, 우리 두 사람은 사이공의 이름 없는 술집 바에서 허물없이 친구가 되곤 했다. 뿐만 아니라 1968년 1월 테트(Tet, 베트남의 설) 공습과 5월의 제2차 도시공습 때는 같이 지프차를 타고 불바다로 변한 시내를 누비며 돌아다녔다.

대개는 생사고락을 함께 한 친구라면 우정 이상의 무언가를 공유할 수 있을 거라 짐작하겠지만, 그렇지 못한 경우가 더 많다. 예를 들어 긴자의 고급 술집에서, 베트남 전쟁 시절 함께 활약하던 카메라맨 동료들이나 저널리스트와 자리를 갖게 되면 처음에는 그저 반가운 마음에 기분이 좋아지지만 얼마 지나지 않아 화제가 동이 나거나 지난날의 추억을 감상으로 포장하느라 피곤해지기 일쑤이다. 나는 그것이 모두 뒤틀린 나의 성격 탓이려니 생각했는데, 당시 종군기자의 대부 격이었던 아사히 신문(朝日新聞)의 S씨에게서도 같은 이야기를 듣고 무릎을 친 적이 있었다. 내가 저명 인사들의 인물 사진을 찍기 시작했던 80년대 초반의 일이다.

"……이렇게 형씨하고…… 아니지. 굳이 형씨가 아니더라도 말이야, 사실 그날 니혼게이자이(日本經濟新聞)의 T군이나 니혼 TV의 U씨와는 할 얘기가 많았어. 거의 밤을 새울 정도였지. 옛친구들과 만나 한잔하면서 느긋하게 베트남의 추억을 나눌 생각을 하니 감회가 새롭더라구. 그래, 처음에는 그런 대로 괜찮았지. 그런데 시간이 지날수록 물먹은 솜처럼 분위기가 가라앉는 거야. 이상하지? '00작전에서 말이야' 라든지, '탑칸의 여자는 정말 끝내쳤지? 또는 '그 비상 식량 있잖아' 하고 이야기를 꺼내려는 순간부터 야릇한 불쾌감이 내 혈관 속에서 스멀스멀 올라오는 거야. 그러다가 급기야 다낭이나 퀴논, 타이난, 미토 같은 도시의 이름을 줄줄이 되뇌이고, 그곳 풍경으로 시야를 가득 채울 때쯤 되니까 '내가 정말 그곳에 있었나' 몽롱해지는 느낌이 드는 거야. 꼭 남의 얘기같이 말이지. 지금도 내가 이따금 캄보디아를 둘러보는 이유도 바로 그런 의아함에 대한 해답을 찾을까 해서지. 그래, 예전에 나는 여기에 있었지, 아주 오래 전에……."

당시 베트남에는 퓰리처상 수상자로 유명한 사와다 교이치나 짧은 일생이 영화로도 만들어졌던 이치노세 야스조, 보도사진의 귀재 시마모토 겐자브로를 비롯해 쟁쟁한 카메라맨과 저널리스트가 활동하고 있었다. 나도 3년 반 정도 베트남에서 지내긴 했지만 가끔 홍콩이나 싱가포르를 들락거리기도 했었고, 제1차 파리회담이 열렸을 때쯤에 전쟁이 끝난 것으로 멋대로 판단하고는 재빨리 짐을 챙겨 일본으로 들어와 버렸다. 베트남에서 전열을 재정비해 혼란에 빠진 캄보디아로 취재를 떠났던 대부분의 동료들과는 전혀 다른 선택이었다.

앞에서 얘기한 세 사람 이외에 무언가를 얻기 위해 베

트남으로 흘러든 카메라맨과 저널리스트들은 대개 성격은 내성적이면서도 일에 대한 열정만은 대단했었다. 나는 언제나 그들과 다르다는 생각을 떨칠 수가 없었다. 그것은 분명 요코즈카의 유복한 무역상 집안이라는 나의 가정환경과도 결코 무관하지 않을 것이다. 부모의 생활방식에 회의를 느껴 집을 뛰쳐나왔으면서도, 나는 베트남에서조차 가족이 송금해 준 생활비에 의지해 살아갔다. 마흔이 넘어 얻은 늦둥이에 외아들인 나는 부모님에게 늘 분에 넘친 기대와 애정을 받으며 자라났고, 그들의 무조건적인 보살핌은 베트남에서도 계속 이어졌던 것이다.

'그런 일에 연연하지 마. 너도 종군기자로 활동하고 있으니까 우리와 마찬가지야'라는 주위 사람들의 격려에도 불구하고 정작 나 자신은 스스로의 한계를 인정하고 있었다.

한계. 어쩐지 듣기 거북한 말이긴 하지만, 어른이 돼가면서 우리는 누구나 자신의 한계를 깨닫게 된다.

베트남에서 돌아오자마자 나는 친구들과 함께 작은 회사를 차렸다. MIT에 다니던 녀석이 자금을 구해 동업을 제안해 왔는데, 그는 플라스틱 카드에 자기(磁氣) 테이프를 이식하는 신기술을 가지고 있었다. 벤처기업이라는 이름조차 생소했던 당시, 단 4명으로 이루어진 이 초미니 회사는 카드 붐을 타고 순식간에 연 매출 10억 엔을 넘기는 착실한 중소기업으로 성장했다.

어쩌면 나의 성공은 베트남 덕분인지도 모른다.

미군 기지에 설치된 레이더를 보러 갔을 때, 나는 그 조그만 기계로 하노이와 북경까지 감시할 수 있다는 데 대해 감탄을 금치 못했었다.

"놈들(베트콩)에게는 근성이 있다. 그것을 갖지 못한 우리는 과학에 의존하는 수밖에 없다."

우리 일행 앞에서 '과학'을 강조하던 어느 미군 장교는 적외선 탐지기를 높이 쳐들며 그렇게 말했다.

결국 미국의 물량공세와 과학기술은 베트남 민족의 투쟁심 앞에 보기 좋게 무너지고 말았지만, 나에게는 전쟁에 쓰여진 신소재와 첨단기술에 강한 흥미를 느낀 계기가 되었다.

투자회사가 순항을 계속할 무렵, 나는 눈이 부리부리한 런던 유학생 출신의 첼리스트와 결혼했다.

"넌 행복한 놈이야. 일본 여자는 상냥하고 아름답기로 세계에서 으뜸이잖아. 그런 여자가 있는 나라에 남자로 태어나다니, 넌 행운아야."

베트남 전에서 미군 병사로 있다가 일본에 놀러온 녀

석들은 내 아내를 보고 한결같이 그렇게 입을 모았다. 그들이 알고 있는 일본 여성이라면 십중팔구 술집의 호스티스이거나 창녀일 것이다.

아내는 가끔 실오라기 하나 걸치지 않고 첼로를 연주할 때가 있었는데 그럴 때면 나는 진흙투성이의 병사들이 이 장면을 보면 무어라 말할지 생각에 잠기곤 했다.

내가 처음으로 현실세계와 이질감을 느끼게 된 것은 아이가 태어난 지 얼마 지나지 않아서이다.

아들아이의 첫생일 파티가 열리던 날, 하야마의 자택 정원은 온종일 바비큐 굽는 냄새로 머리가 아플 지경이었다. 파티장의 소란스런 분위기와 상관없이 아들녀석은 아내가 골동품 가게에서 어렵게 찾아냈다는 이탈리아제 아기침대에 기분 좋게 누워 있었다. 나는 재빨리 카메라를 꺼내 아이의 얼굴에 35밀리 렌즈를 들이댔다. 순간 화약냄새가 코를 찔렀다. 정말로 카메라에 화약 가루가 남아 있었는지, 아니면 그냥 본능적인 느낌이었는지 지금도 알 수 없다.

그날 밤, 참으로 오랜만에 꿈속에서 베트남을 보았다. 깨어나 침대에서 몸을 일으켰을 때 겨드랑이에 땀이 흥건하게 차 있었던 것으로 미루어 그리 유쾌한 꿈은 아닌 것 같았다. 불현듯 심장 어딘가에 뻥 뚫린 구멍이 생긴 느낌이다. 그것도 갑자기 생긴 게 아니라, 떨어지는 물방울이 바위를 뚫듯 서서히 침식해 들어오는 기분으로. 그 휑한 공동(空洞)을 자각하면서 동시에 현실이 까마득하게 느껴졌다. 때때로 전장에서의 비참한 기억에 완전히 사로잡히곤 할 때면 당혹감을 피할 수 없었는데, 그때가 마침 고객과의 상담중이라면 상대와 나 사이에 보이지 않는 벽이 생기기도 했다.

가벼운 노이로제 증세려니 하고 나 자신은 별로 개의치 않았지만, 이야기를 듣고 있던 아내는 한동안 생각에 잠기더니 다시 사진을 시작해 보면 어떻겠느냐고 진지하게 제안해 왔다. 그것도 집 안에서 아이 사진이나 찍는 가벼운 일이 아닌, 프로 카메라맨으로 활동하라는 것이다.

그래서 나는 가장 믿을 만한 부하직원에게 회사를 맡겨놓고 소규모 광고전문 잡지의 사진을 찍는 일부터 시작했다. 얼마 후 유명 잡지의 그라비어(gravure, 사진요판(凹版) ― 역주)를 담당하게 되면서 인물 사진을 찍어달라는 요청이 쇄도했다. 잡지사마다 카메라맨이 넘쳐나던 당시 상황에서 이처럼 활발한 활동을 벌일 수 있었던 것은 아마도 내가 가진 경제적인 여유 덕분이었을 것이다.

어떤 대형 출판사나 잡지사 편집부를 가더라도 나보다

좋은 슈트를 입고 비싼 자동차를 소유한 사람은 없었다. 일본 사회에서는 고급스러운 슈트에 페라리를 타고 나타나 '몇 년 정도 베트남 전에서 종군기자로 활약했었다'고 자신을 소개한 뒤 '보수보다 일의 내용이 중요하다' 정도의 허세를 곁들이기만 하면 얼마든지 상대방의 신용을 얻을 수 있다.

나는 주로 여배우나 재계(財界) 인물, 베스트셀러 작가, 카 레이서와 같은 사람들의 사진을 찍었다. 렌즈를 바라보는 사람과 그에게 초점을 맞추는 사람, 즉 피사체와의 관계성을 일체 부정하는 나의 촬영방식은 상대의 지위나 배경에 의미를 두지 않는다는 점에서 일부 저명인들로부터 열렬한 지지를 얻었다. 그들은 자신의 인물사진이 필요할 때면 언제든지 나를 추천하는 것은 물론, 주변 사람들에게 적극적으로 소개해 주기까지 하였다.

"당신은 고갱과 비슷하군요."

조명 앞에 앉은 중년여성이 내게 불쑥 말을 걸었다. 아들이 유치원에 다니기 시작할 무렵이었다.

"사업가에서 카메라맨으로 전향한 사람은 거의 드물잖아요. 고갱도 평범한 사무원에서 화가가 되었다던데."

"전 어릴 때부터 카메라맨이 되고 싶었습니다."

"당신 사진에 대한 평판이 좋더군요. 원래 하던 사업이 별로 마음에 들지 않았나요?"

"그런 건 아니지만⋯⋯."

"어떤 느낌으로 사진을 찍으세요?"

"글쎄요."

"가끔 옛날 생각도 하시나요?"

파인더를 뚫어져라 쳐다보면서 그녀는 쉴새없이 질문을 쏟아냈다.

"당신이 찍는 사람들은 모두 성공한 사람들이지요? 베트남에서와는 많이 다르겠어요."

"그래도 가끔씩 떠오를 때가 있지요."

"예를 들어 시체⋯⋯ 같은 것?"

"예."

"확실히 그때와 많은 차이가 있겠군요."

"되도록이면 같은 느낌으로 찍으려고 합니다."

한참동안 그녀와 본질적인 것에 대해 이런 저런 얘기를 나누다 보니, 기분이 조금 가라앉는 듯한 느낌이 들었다.

"유학시절 여러 나라의 미술관을 돌아다녀 봤지만 역시 고갱이 제일 맘에 들더라고요."

그녀는 꿈꾸는 얼굴로 말했다.

주어진 일에 몰두하면서 나는 나 자신을 힘겹게 하는 공동으로부터 잠시나마 벗어날 수 있었다. 그러나 내가 완전히 자유로워지려면 그 정체에 대해 깨달을 필요가 있다.

'이코노미 저널 도쿄에 실린 경제동우회 대표간사의 사진 아래 박혀 있는 네 이름을 보고 내 눈을 의심했어. 아직도 카메라를 버리지 않고 있다니, 대단해. 시간이 허락되면 뉴욕에 놀러오지 않겠나? 쓸 만한 필름이 있으면 사 줄 수도 있어……'

클라우스 케처멘의 편지를 받고 그의 제의에 흔쾌히 응한 것도 내가 겪고 있는 이질감에 대해 대화를 나누고 싶었기 때문이었다.

UPI 건물 로비에 걸린 수십 장의 퓰리처상 수상 사진 앞에 감개무량한 얼굴로 잠시 서 있자니, 머리색이 허옇게 바랜 클라우스가 모습을 나타냈다. 정확하게 17년 만의 재회였다. 우리는 반갑게 악수를 나누었고 클라우스는 70번지에 있는 자신의 아파트로 나를 데려갔다. 그는 이혼한 뒤 열다섯 살이나 연하인 멕시코계 여성과 함께 살고 있었다. 그 여자는 본토에서나 맛볼 수 있을 만한 먹음직스러운 멕시코 요리를 여러 개의 접시에 담아 테이블로 가져왔다.

"코로나는 라임을 얇게 잘라 병 입구에 넣고 마셔야
제 맛이지."

"일본에서도 그렇게 마셔."

내가 그렇게 대답하자 클라우스 케처멘은 '그렇지, 일
본에는 없는 게 없다고 했지'라며 혼잣말을 중얼거렸다.

"행복한 가정을 꾸리고 사나?"

칠레 빈(칠레소스에 콩을 넣어 조린 멕시코 요리 — 역주)을
접시에 덜어 주는 멕시코 여성의 가무잡잡한 손을 바라
보면서 그가 물었다.

"애매한 상태야."

"그게 무슨 뜻이지?"

"사이공 사무소에서였나, 그래. 내가 전선에 나가는
것을 관두고 필름을 편집하는 데 매달렸을 때였을 거야.
일본 사람들의 커뮤니케이션이 다른 나라의 방식과 얼
마나 다른지에 대해 이야기한 적이 있었지, 아마?"

나는 고개를 끄덕였다. 그때라면 분명하게 기억하고
있다.

"그때 일본어는 애매하고 영어와 라틴어 계열의 언어
는 기능적이면서도 엄격하다는 결론에 도달했던 기억이
나는데, 어때? 일본어에는 '나'라는 의미의 단어만 해도
여러 개가 있잖아."

정말 그렇다.

"일본어는 언뜻 효율적이고 기능적으로 보이지만, 그건 겉모습뿐이야. 실제로는 너무 애매하단 말이야. 여기서 애매하다는 의미는 상대에게 존경심을 갖지 않은 경우에도 경어를 사용함으로써 자신의 기분을 교묘하게 감출 수 있다는 뜻이지. 영어에선 상대를 가리키는 표현이라야 기껏 'YOU' 정도밖에 없거든. 생명의 은인이건 나를 배신한 몹쓸 녀석이건 간에 무조건 'YOU'라고 하면 통하지. 지나치게 기능에 얽매여 있다고 할까. 사랑의 감정을 전하고 싶은 'YOU'라도 다정한 제스처를 곁들여야만 알아들을 수 있을 정도라니까. 증오가 섞인 'YOU'를 쓰고 싶다면 그 감정을 적극적으로 표현해야만 해. 그래서 난 때때로 애매한 편이 더 낫지 않을까라고 생각한 적이 있었어. 지금 상대방이 말한 'YOU'에는 어떤 감정이 담겨 있는지 끊임없이 질문해야 하는 피곤한 인간 관계가 이 세상 어디에 존재하겠어? 만약 존재한다면 그 방향은 인간 관계를 법률로 규정함으로써 금전적인 것과 결부시키게 되겠지. 자, 보라고. 저 여자는 캘리포니아를 거쳐 도망쳐 나온 불법 체류자에다 영어 실력은 거의 제로에 가까워. 내가 할 줄 아는 스페인 어도 간신히 인사 정도만 나눌 수 있을 정도야. 뭐, 네가 하는 영어보다야 낫겠지만……."

이렇게 말하고 나서 클라우스 케처멘은 돼지고기와 생강을 넣은 타코 접시를 테이블 위에 내려놓는 갈색 피부의 여자를 턱으로 가리켰다.

"이혼과 아이들의 양육권을 위한 소송에서 나는 내가 가진 에너지를 모두 소진해 버렸어. 아이들을 사랑하는 기준의 척도를 귀가시간이나 매일 저녁 내가 마시는 알코올의 양으로 따진다면, 자넨 믿을 수 있겠나? 나는 패배자야. 지금이라도 당장 아들녀석을 만나러 달려가고 싶지만 내겐 면회할 권리조차 없다구. 하지만 저 여자는 말이야. 'I LOVE YOU'라고 중얼거리면서 달려들 때마다 온갖 제스처를 동원해 임포텐츠라는 사실을 설명해야 할 때 이외엔 나를 귀찮게 하지 않아. 셔츠깃에 다른 여자의 립스틱이 묻어 있었다고 법정에 나가 떠벌릴 염려도 없지. 그저 행동으로 모든 걸 보여주면 되는 거야. 애매하지만 의미는 정확하게 전달되거든, 굉장하다고 생각하지 않아?"

내게 동의를 구하는 클라우스의 말투에서 진한 슬픔이 배어 나왔다. 그러나 그의 이야기를 실감할 수는 없었다. '애매함'과 '엄격함'에 대한 문제라면 나중에 그 여배우를 만나면서부터 질리도록 많이 생각한 주제가 됐다.

21

미묘한 표현이라 내가 말하는 영어가 먹혀들지 자신은 없었지만 나는 이 틈에 내 안에 존재하는 빈 자리, 즉 '공동'에 대해 얘기를 꺼냈다.

　"사이공의 저녁 노을, 기억하고 있어?"

　내가 속사정을 모두 털어놓자 클라우스 케처멘은 멍한 시선으로 그렇게 물었다.

　"그게 어디든지 상관없어. 자네가 좋아하던 토드 가의 나이트클럽이라도 뭐, 괜찮아. 내가 잊을 수 없는 건 마제스틱 5층에 있던 레스토랑인데, 전장에서 돌아와 샤워를 한 후 사이공 강물 위로 빛나는 석양을 바라보며 마시던 맥주 말이야. 기억나?"

　"잊을 리가 있나."

　나는 담담하게 말했다.

　"네가 말하는 공동이니, 괴리감 같은 것 당연히 내게도 있어. 하지만 나는 너처럼 한가하게 그것을 느낄 만한 여유가 없었을 뿐이야. 이제 와 생각해 보니 그래, 그건 어떤 의미에서는 블랙홀 같은 것인지도 몰라. 저 멕시코 여자가 이스트할렘에 있는 살사 클럽에 드나드는 걸 감시하다 보면 내 안의 블랙홀에까지 신경쓸 수는 없는 노릇이지."

　블랙홀? 나는 고개를 갸우뚱했다.

"블랙홀이야, 모든 걸 삼켜 버린다는. 한 번 생각해 보라고. 우리들 중 아무도 강제로 전쟁에 뛰어든 사람은 없어. 자신의 의지로 베트남에 뛰어든 거지. 그러니 비참한 광경을 목격한들 뭐, 어쩌겠어. 하지만 프란시스 코폴라가 그랬던 것처럼 전쟁은 일종의 카니발인 거야."

나는 아주 약간 그의 말을 이해할 수 있을 것 같았다.

"카니발이라는 단어 따위로 나와 너 사이에 오해가 생기진 않겠지. 우리들, 그러니까 남자란 종족은 전쟁터에서 적을 죽이는 것에 열중하는 타입과 전장에서 살아 돌아와 마시게 될 맥주 한 잔에 최고의 의미를 두는 타입, 이렇게 두 종류의 인간으로 나눌 수 있어. 누구나 양쪽 성향을 조금씩 가지고는 있지만, 어느 쪽에 더 많이 치중하느냐에 따라 구분할 수 있겠지. 정말 전쟁이 일어나면 전쟁에 불충실한 남자가 많은 편이 지게 돼 있어. 베트콩이 어둠을 지배하는 동안 너나 나는 전쟁터에서 돌아와 맥주 한 잔을 즐기고 있었던 거야. 아마 그런 맥주는 지구상 어디에서도 맛볼 수 없겠지. 파리의 별 세 개짜리 레스토랑에서 파는 로마네 콩티나 샤토 무통 로쉴드와 같은 포도주도 그 맥주맛에 비하면 염소오줌에 지나지 않아. 아니, 이 세상에 존재하는 모든 칵테일이나 최고급 샴페인은 전쟁 때 맛볼 수 있는 환상적인 맥주

맛을 흉내내서 만든 것이 아닐까. 그 석양빛과 맥주에 대한 기억은 절대적인 거야. 행복한 가정이나 괜찮은 섹스, 일에서의 성취감과는 전혀 다른 수준의 것이지. 우리는 지금까지 그것에 필적할 만한 것을 찾아 살아왔다고 해도 과언이 아닐걸. 블랙홀의 지배를 받지 않은 건 카파(헝가리 출신의 사진가로 인도차이나 전쟁 취재 중 사망 — 역주)나 사와다 정도일 거야."

그가 말하는 블랙홀이 무언지 대충 감이 잡혔다.

뉴욕에서 지낸 지 거의 한 달이 다 되었을 무렵, 한밤중에 일본에서 전화가 걸려왔다.

그것도 직통이 아닌 KDD의 교환수를 통한 수신자 부담 전화였다.

카리야 토시미치 씨입니까? 일본으로부터 전화입니다, 하는 교환수의 판에 박힌 안내멘트가 끝나자 가느다란 여자 목소리가 들려왔다.

"저어, 사진을 좀 찍고 싶습니다만……."

나는 당황한 나머지 아무 말도 하지 못했다. 일본에서 장난 전화가 걸려온 것일까. 여보세요, 하고 간신히 대답하자 상대는 마치 어린애처럼 키득거렸다.

"미, 미안합니다. 이제 됐어요. 제가 지금 그쪽으로 갈 테니까."

전화는 그렇게 끊어졌다.

내가 지금 뉴욕에 있다는 사실을 알고 있는 이는 다섯 손가락으로 셀 수 있을 정도였다. 그나마 여자는 아내와 단골 술집의 마담 정도인데, 전화 속의 목소리는 두 사람 중 어느 쪽도 아니었다. 그렇다면 정말로 장난전화였단 말인가……. 나는 이런저런 생각으로 뒤척이다 간신히 잠이 들었고 다음날 아침에는 전화에 대해 까맣게 잊어버리고 있었다.

룸서비스로 주문한 늦은 아침을 허겁지겁 먹고 있을 때, 프론트에서 손님이 찾아왔다는 전화가 걸려왔다. 오늘 누구를 만나기로 했던가? 나는 서둘러 옷을 챙겨 입고 로비로 내려갔다.

플라자 호텔 로비는 대리석과 거울을 적절히 이용한 베르사유풍으로 꾸며져 있었고 손님 또한 대부분 유럽인들이었다. 검은 가죽소파 앞에 서 있는 검은 선글라스의 여자는 그들의 시선을 한몸에 받고 있었다. 바로 혼마 모에코였다.

한 달 간에 걸친 체재기간 동안 얼굴을 익힌 벨보이가 '아까부터 기다리고 계셨습니다' 라며 나를 그녀에게 안내해 주었다.

"혼마 모에코라고 합니다. 어제는 전화로 실례가 많았습니다."

혼마 모에코는 묘한 차림을 하고 있었다. 소매와 깃에 담비털이 달린 붉은색 가죽 블루종(벨트 달린 재킷의 일종 —역주)에 흰색 머플러를 두르고, 검은 레이스 천을 여러 겹 덧댄 후 자수로 모양을 낸 화려한 스커트와 검정 하이힐, 오렌지색 스타킹, 그 위에 오렌지색 발 토시를 하고 있었다. 검은 레이스로 만들어진 스커트는 자칫 슬립으로 착각할 정도로 얇은 것이었다.

그러나 화려하고 도전적인 옷차림에 비해 그녀의 몸가짐은 다소 위축되어 있었다. 수업중에 복도로 내쫓긴 초등학생처럼 로비의 대리석 기둥 뒤에 숨어 얼굴만 간신히 내민 상태였다. 다소 요란한 패션이긴 하지만 뉴욕 중심가의 고급 호텔에는 그런 대로 어울린다고 생각했다.

"사진을 찍고 싶습니다."

혼마 모에코는 선글라스를 벗으며 먼저 이야기를 꺼냈다. 그것도 얼굴로부터 한 번에 벗겨내는 것이 아니라 2, 3센티미터씩 천천히 내리면서 내게 눈웃음까지 건넸다. 영화에나 나올 법한 과장된 동작이 너무나 자연스러웠기 때문에 나도 모르게 기분이 좋아졌다.

그녀는 나와 간단한 악수를 나눈 후 머플러를 풀고 소
파에 앉아 양쪽 다리를 비스듬히 기울였다. 여태껏 수많
은 여배우와 모델들을 보아 왔지만 이처럼 모든 동작이
우아한 사람은 처음이었다.

"찍어 주실 수 있지요?"

그렇게 말하면서 그녀는 로비 안의 공기가 더웠는지
다리에 걸쳐 있던 토시를 벗어 테이블 위에 올려놓았다.

"어제 전화했던 분이신가요?"

내 질문이 끝나자마자 혼마 모에코는 몸을 구부리며
소리내어 웃었다. 당연하지 않느냐는 반응이었다. 사람
을 놀리는 듯한, 하지만 바보가 되는 쪽도 그리 기분 상
하지 않을 정도의 은근한 웃음이었다.

"그럼, 그때 곧바로 비행기를 탄 겁니까?"

그녀는 입가에 미소를 머금은 채 고개를 끄덕였다.

"하지만 지금은 카메라를 갖고 있지 않은데요."

나의 대답이 끝나자 그녀는 상대에게 겨우 들릴 듯한
작은 목소리로 '그래요'라고 중얼거리며 시선을 아래로
떨구었다.

"뉴욕엔 무슨 일로 오셨습니까?"

순간, 나는 아차 싶었다. 혼마 모에코는 고개를 가로젓
더니 내 얼굴을 한동안 뚫어져라 쳐다보는데 그 눈가에

눈물이 가득 고여 있었다.

"다른 일은 없습니다."

눈물을 훔치던 그녀의 손이 파르르 떨렸다.

"혼란스럽군요."

"뭐가요?"

"전 당신을 모릅니다."

"전, 지금 여기 있어요."

나이는 얼마나 되었을까, 열여덟 살 같기도 하고 스물여덟 살같기도 한 그녀였다. 상대방을 똑바로 쳐다보면서 얌전한 말투로 이야기하고 있지만, 눈동자는 앞에 앉은 내가 아닌 먼 곳에 있는 누군가를 향하고 있었다.

"뭐 하는 분이시죠?"

만일 여기가 뉴욕이 아니라 일본이었더라면 틀림없이 약간 머리가 이상한 여자라고 단정내렸을 것이다. 이런저런 생각으로 머릿속이 복잡해져 있을 때 갑자기 그녀가 입을 열었다.

"전 배우예요."

모에코 이야기

　호텔이 썩 마음에 들진 않는다. 하지만 로비에 있는 사람들의 시선이 모두 나를 향했으므로 너그러이 용서하기로 결심했다. 어제 전화했던 사람이 정말 이 호텔에 묵고 있을까. 미심쩍은 마음을 끝내 떨치지 못하면서 벽에 걸린 거울을 흘끗 쳐다보니 립스틱이 엉망으로 지워져 있다. 어제 일이 정말 내가 한 짓인지, 아니면 늘 그렇듯 그저 상상의 세계에서 일어난 일인지 혼란스러워 나도 모르게 '모르겠어' 하고 큰 소리로 중얼거렸다. 그러자 앞에 서 있던 몸집 큰 흑인 남자가 나를 향해 눈을 부라린다. 바짝 정신을 차려야겠다.

　이 흑인 남자는 옛날에 할머니가 사 주신 동화책 속에서 호피무늬 바지를 입고 북을 쳐 대던 사람과 아주 흡사하다.

이럴 때가 아니지. 집중해야 해. 이제 곧 그 사람이 나타날 거야. 정말 내가 전화를 걸긴 걸었을까? 그렇다면 그게 언제지?

만일 그게 상상의 세계에서 벌어진 일이 아니라면 카메라맨은 곧 내 앞에 나타날 것이다. 그가 나를 향해 누르는 셔터소리와 함께 끝없는 나의 혼돈도 끝이 날까. 그야 아무도 모르지.

아무도 모르는 일에서 너만은 알고 있다는 착각에 빠지지 말라고 누군가 내게 말해 주었다. 누구였을까, 예전에 사귀던 남자? 나에게 애인이 있었던가? 사실 나는 내 몸에 다른 사람의 손길이 닿는 것이 싫다. 어쨌든 지금은 그런 생각에 정신을 팔 때가 아니다.

나는 대체 어디에서 그에게 전화를 건 것일까. 다이칸야마의 맨션에서였나? 생각해 내야만 한다. 그 아파트는 내 귓속의 살아 있는 신경계와 직통으로 연결돼 있는 까닭에 그곳에서 전화질을 해댄다는 일은 있을 수 없다.

그런데 통화한 기억이 왜 이토록 가물가물하게 느껴지는 것일까? 전화통화는 비교적 기억을 잘 해내는 편인데.

"잘 있었어, 모에코? 사진 잘 봤어."

"무슨 사진?"

"샌들 광고 말이야."

"〈마리끌레르〉에 실린 거?"

"아니."

"〈논노〉였던가?"

"틀렸어."

"그럼 〈코스모폴리탄〉이었나?"

"아니야."

"어디서 봤어?"

"〈주간 대중〉에서 봤어."

"뭐라고?"

"샌들 특집이라고, 유명인들이 나와 샌들을 신고 찍었던 거 말이야. 넌 고무로 만든 샌들을 신고 하치오지에 있는 묘지 앞에서 포즈를 취했던데."

"한밤중에 이상한 얘기 좀 하지 마."

"네가 속한 기획 사무실, 별로 안 좋은 것 같아. 널 속이고 있어. 친구들도 모두 잃어버릴 거야."

찰칵.

여기는 뉴욕이다. 전에 딱 한 번 와 본 적이 있다. 확신할 수는 없지만. 내 귀와 연결되어 있는 또 다른 세계는 지금 어떻게 변해 있을까. 잠시 짬을 내어 모두의 의견을 들어보고 싶지만 지금은 안 된다. 내 앞에 그 사람이 앉아 있기 때문이다.

"사진을 찍고 싶습니다."

간신히 얘기를 꺼내긴 했는데 그가 곤란한 표정을 짓고 있다. 늘 저런 얼굴로 사람을 대하는 건 아닐 텐데. 정말로 이 사람은 나의 세계에서 선택한 인물일까. 사진을 찍어 달라는 말에 저토록 당황하다니……. 하지만 그건 모르는 일이다. 어쩌면 나를 시험하고 있는지도 모른다.

그렇다, 난 시험당하고 있다.

이제 어떻게 해야 할까. 귀 안쪽에 존재하는 나만의 세계를 그에게 털어놓아도 괜찮을까.

"찍어 주실 수 있지요?"

또다시 당혹스러운 표정. 이 얼굴이 틀림없이 이 사람의 본래 모습일 거야. 그가 안 되겠다며 손을 내젓는 구태의연한 제스처를 취한다. 하지만 남자의 일그러진 인상이 타인에게 무기가 되는 시대는 이미 지난 지 오래다.

그건 그렇고, 내 이름을 말했던가? 말한 것 같다. 전화했을 때도 같은 식으로 내 소개를 했던 것 같다.

"어제 전화했던 분이신가요?"

나는 웃음을 터뜨리고 말았다.

나의 세계에서 선택한 최고의 이미지 사진이 떠올랐다. 죄수의 손가락을 부러뜨리고 있는 백치(白痴) 간수의 싸늘한 미소. 이 사진의 해설란에는 지금 막 잠자리에서 뛰어나온 듯 부스스한 머리를 한 일본 소설가의 이런 글이 실려 있었다.

'진정한 고문은 얼굴에 웃음 없이 이루어질 수 없다.'

당장 웃음을 그쳐야 한다.

"그럼, 그때 곧바로 비행기를 탄 겁니까?"

그의 말대로 난 곧장 비행기를 탔다. 그러니까 전화를 건 장소는 정확히 말해서 나리타 공항의 로비에 있는 KDD 카드 전용전화 부스였다. 그가 호텔에 묵고 있는지 확인하기 위해서였다.

"하지만 지금은 카메라를 갖고 있지 않은데요."

뭐라고? 지금 뭐라고 했지? 잘 들리지 않아, 카메라가 뭐 어쨌다고? 나는 당신만이 나를 찍어 줄 수 있다고 믿고 있었는데. 이유는 알 수 없지만…… 당신이 그 이유를 더 잘 알고 있을 텐데.

"뉴욕엔 무슨 일로 오셨습니까?"

그렇게까지 딴청을 부릴 필요는 없어요. 매사에 너무

깍듯하면 오히려 만만하게 생각될 테니까요.

"다른 일은 없습니다."

"전, 당신을 모릅니다."

아마 영원히 알 수 없을 걸요.

"전 지금 여기 있어요."

그가 뚫어져라 나를 쳐다보고 있군요. 그렇게 바라보다가 '제가 눈이 좀 안 좋아서요' 따위의 궁색한 변명을늘어놓을 거라면 그만 두는 게 좋겠어요.

"뭐 하는 분이시죠?"

내 귓속에 존재하는 또 다른 세상 이야기를 털어놓을수밖에 도리가 없겠군요.

"전 배우예요."

이제부터 내 속에서 일어나고 있는 사건의 전모를 이야기해 드리죠. 어릴 적 아빠와 함께 먼 남쪽에 있는 섬으로 여행을 떠났어요. 어디였는지는 기억에 없어요.아빠와 엄마, 할아버지의 추억이 살아 숨쉬는 섬, 전쟁이 일어나기 전이었으니까 옛날 일본군이 점령하고 있었던…… 뉴기니라든가, 민다나오 섬이라든가 어쨌든필리핀 근방이었던 것 같은데. 하여튼 그곳에는 괜찮은리조트 시설이 하나도 보이지 않았어요. 하긴 10년 전의 일이니까요. 어째서 엄마가 돌아오지 않았는지 그건 확실히 기억나지 않지만. 적어도 타히티 섬이 아닌 것만은 확실해요.

"호텔은 정하셨습니까?"

당신은 혹시 그 섬에 대해서 알고 있나요.

"남쪽 섬에 사는 소인(小人)에 대해 알고 계신가요?"

당신이 꼭 알아두지 않으면 안 되는 문제예요.

"예? 소인이요?"

이제야 구미가 좀 당기는 모양이군요.

"우선 점심식사부터 할까요?"

파스타는 맛이 없다. 뭐, 파스타야 맛이 없어도 상관이 없다. 그 정도야 관대히 눈감아 줄 수 있지. 하지만 맛없는 초콜릿 무스는 좀 참기 어렵군.

"같은 호텔도 괜찮다면 방을 잡아 드리겠습니다. 참, 배우라고 하셨는데 어떤 영화에 출연하셨죠?"

그 섬에는 음흉한 소인이 살고 있었어요.

"지금까지 겨우 2편뿐이에요. 주연은 아니었지만요. 유럽 영화를 리메이크한 '하버라이트'라는 작품과 '혁명 전야'라고, 다이쇼(大正, 1912 ~ 1926) 시대 초기의 프롤레타리아 혁명을 다룬 영화였어요."

꿈속에서 그 소인들에게 습격을 당했어요. 덜덜거리며 돌아가는 선풍기를 바라보고 있다가 아빠 곁에서 스르르 잠이 들었을 때, 나는 처음으로 그 소인을 보았어요. 처음에는 그저 동그란 공인 줄 알았죠. 하지만 잠시 후 나는 그게 소인이라는 걸 본능적으로 알 수 있었어요. 눈이 달려 있었거든요. 그들의 눈은 근육 한가운데 까맣게 박혀 있었는데 돌고래에게 달라붙어 있는 야광충처럼 눈에 확 들어왔어요. 아, 그 밑에는 입도 있었어요. 소인의 얼굴은 매우 섬세해서 표정변화까지 다 읽을 수 있었고 몸뚱이는 공기 빠진 고무공을 붙여 만든 전위 예술 작품 같았지요. 물론 모든 일은 꿈속에서 일어난 일이었어요. 방갈로가 바로 해변과 맞닿아 있어서인지 파도소리가 요란했고, 소인은 햇빛이 강렬하게 내리쬐는 모래 사장에 우두커니 서 있었어요. 그는 웃고 있었어요. 반달모양의 눈과 일그러진 입술. 한낮의 해변에서 소인의 미소를 보자, 내 머릿속엔 예전에 있었던 비슷한 경험이 떠올랐어요.

유럽 남부의 리조트에서나 볼 수 있는 풍경과 냄새……. 어쩌면 그곳은 스페인일지도 몰라요.

코스타 브라바?

리조트라고는 하지만 최고 갑부들이나 중류층 사람들의 별장이 아닌, 두 채의 양로원과 옛날 유명한 도적의 목을 매달았다는 커다란 오렌지나무, 지붕 보수가 아직 끝나지 않은 성당, 별 두 개짜리 호텔 일곱여덟 채, 여기에 초가지붕을 얹은 씨-푸드 레스토랑과 설탕투성이의 케이크, 형편없는 맛의 에스프레소 커피를 내놓는 카페가 있는 삼류 수준의 리조트였어요. 그래서인지 소인이 서 있는 해변은 노인과 아이들, 범죄자의 아지트였죠.

꿈속에 나는 등장하지 않아요.

노인들은 장기를 두고 아이들은 서로 쥐어박으면서 깔깔거리고, 범죄자는 삼삼오오 무리를 지어 무언가 일을 꾸미는 것 같았어요. 소인은 처음엔 사람들에게 따돌림을 당했어요. 이상한 모습을 보고 모두들 상대조차 하지 않았죠.

그런데 흘러가던 구름이 태양을 가리자 순간, 해변은 갑자기 증오에 찬 싸움과 복수에 휩싸여 버린 거예요. 모두 소인의 계략인 것 같았죠. 사람들은, 그러니까 노인과 아이들과 범죄자는 서로 죽이기 시작했어요. 예전부터 나를 공포에 떨게 만들었던 악몽은 틀림없이 전부 소인의 짓이었을 거예요. 그렇게 생각하니 마음이 편안해졌어요.

"잠깐만, 아, 생각났어요. 당신 이름을 들은 적이 있어요."

아무도 나를 모르는 걸요.

귀 안쪽에 존재하는 세계는 아직 누구에게도 털어놓은 적이 없으니까요.

소인이 제게 그랬어요. 이제부터 내가 있는 곳으로 갈 거라고. 두려움에 울부짖으면서 난 잠에서 깨어났어요. 아빠가 내 몸을 흔들고 있었죠. 모에코, 모에코, 정신차려라. 어떻게 된 일이니? 눈앞에 아빠가 있다는 걸 알고 있었지만 소인은 이미 내 머릿속에 들어와 있었어요. 소인이 말하더군요. 잘 생각해 봐, 어렸을 때부터 네가 매력적이라고 생각했던 사람들은 모두 악인이었어.

정말 소인의 말 그대로였어요.

"사이토 레이코라는 여배우가 당신 얘기를 했었어요. 혹시 아세요? 일흔이 넘은 원로인데, 정말 멋진 배우지요. 젊은 후배 중에서 재능이 엿보이는 사람은 당신뿐이라고 하던데."

사이토 씨라면 촬영장에서 자신을 향해 휘파람을 불던 미군 병사의 눈을 우산으로 찔렀다는 그 잔인한 여자? 난 그런 짓은 싫은데.

"전 쉽게 오해를 사는 편입니다."

카메라맨은 묘한 표정을 짓고 있다. 저 모습이 자신의 얼굴 중에서 가장 자신 있는 표정인 모양이지?

이 세상에서 내가 두 번째로 싫어하는 게 있다면 오해

를 사는 일이고, 가장 싫어하는 것은 남들이 나를 이해
해 주는 것이다.

그렇다고 해도, 나는 두려움 때문에 남의 눈을 우산으
로 찌르거나 하지는 않는다. 굳이 그렇게 하지 않아도
모든 것은 내 안에서 녹아 없어진다. 그토록 당당하던
소인조차 나의 머릿속에선 흔적도 없이 사라져 버렸다.
그러나 소인이 했던 말은 지울 수가 없었다. 그것은 나
의 뇌 속에, 조금 더 정확히 말하자면 귀 안쪽 부근의 뇌
세포 안에 끈질기게 자리잡고 있다.

눈이 부셔서 앞이 보이지 않을 정도로 찬란한 한낮의
해안선과 커다란 오렌지나무, 행인이라고는 아무도 없
는 음울한 거리. 물론 처음부터 그랬던 것은 아니다. 오
렌지나무가 서 있는 삼류 비치 리조트에 사람이 안 살았
을 리가 없다. 어떤 사건을 계기로…… 확실히 알 수는
없지만, 예를 들어 전염병이라든지 적군이 쳐들어와 주
민을 한 명도 남김없이 몰살시켰다든지, 아니면 금광이
폐쇄되었다든지 하는 이유로 마을 사람들 전체가 어디
론가 피난을 떠난 듯한 느낌이다.

나는 리얼한 배경 속에 아무도 존재하지 않는다는 사
실을 참을 수가 없어 상상 속의 주민을 만들어 그곳에
살게 했다. 소인의 미소 앞에서 서로 미워하고, 다투고,

죽였던 예전의 마을 사람들과 달리 내가 만든 주민들은 모두 선한 마음씨를 지니고 있었다. '가난하지만 정직하게 살고 있다'고 자신 있게 말할 수 있는 사람들이다. 그들은 남에게 상처를 입히거나 폭력을 휘두르는 일을 싫어했다.

재능은 없지만 우스운 농담 한마디 던질 줄 모르는 정직하고 진지한 사람들.

내겐 일탈을 꿈꿀 때마다 브레이크를 걸어 줄 그런 존재가 필요했던 것이다. 담배와 약물의 유혹으로부터 끊임없이 흔들리는 나 자신을 지켜 줄 수호천사라고나 할까.

피곤에 지쳐 있을 때 나는 굉장히 예민해진다. 신기할 정도로 의심이 강해지는데, 예를 들어 내 옆에 앉아 있는 스타일리스트가 어쩌면 나를 파멸시키려고 누군가가 심어 놓은 '스파이'일지도 모른다는 생각에 사로잡히는 것이다. 그런 의심이 점차 사실인 양 내 머릿속에 정착되어 버리면 나도 모르게 그가 내 눈앞에서 목을 매고 죽었으면 좋겠다고 생각한다. 그것이 나쁜 생각이라는 건 나도 알지만……

귓속의 세계, 다시 말해 쓸쓸한 비치 리조트의 주민들은 내가 그 스타일리스트의 죽음에 즐거워하지 않도록 몸과 마음을 통제해 줄 것이다. 아니, 적어도 나는 그렇게 믿는다.

그러나 모두 부질없는 일.

"그랬군요. 하지만 이번 여행에는 정말로 카메라를 가져오지 않았어요. 일본에 돌아가서 찍도록 하죠. 어디 좋은 기회가 없을까요? 일하고 있는 모습을 찍고 싶은데, 촬영 스케줄은……."

악행은 그 자체로도 멋지지만 내가 손대면 무엇이든 의미를 갖게 된다.

"올해 안에 촬영에 들어가는 영화가 있습니다. 이번에 주연을 맡았는데, 로케지는 가나자와가 될 것 같습니다."

나는 의미 없이 저질러지는 죄악을 찾고 있었다. 그것을 찾을 수만 있다면, 나의 세계에는 영웅이 태어나게 될 것이다. 그리고 나는 몇 배 더 아름다워질 것이다. 24년간이나 영웅을 찾아헤맸는데 결국 그가 내 눈앞에 나타났다.

"그래요. 그럼, 그때 찍도록 하죠. 그런데 왜 하필이면 나를 선택한 겁니까?"

피로 범벅이 된 시체를 들고 있는 남부 베트남 장교의 사진을 보았지.

"당신 사진을 좋아하니까요."

가슴 아래부터 몸뚱이가 잘려나간 베트콩의 머리를 들고 웃고 있는 장교의 사진이었지, 아마?

"기분 좋은 걸요. 난 인물사진을 꽤 보수적인 방법으로 찍는 편인데. 그건 사진의 기본이라고 생각해요."

장교는 잔인한 사람이었지만, 그가 저지른 죄악에는 아무 의미도 담겨 있지 않았어. 상체만 남은 시체를 마치 다람쥐나 토끼인형처럼 들고 있었지. 귀엽다는 생각이 들었어.

베트콩과 그것을 기분 좋게 웃으며 바라보던 베트남 장교는 내가 만든 세계의 주인이 되었다. '명예시민'이라고나 할까?

"파인더를 기준으로 내쪽에는 아무 것도 없다고 생각하는 거죠. 뭐라고 해야 하나, 찍는 사람의 자의식을 완전히 잊어버리는 겁니다. 다른 사람에게 별로 얘기한 적이 없지만 사실 나, 베트남에 있었어요."

알고 있어요.

"당신 세대는 잘 모르겠지만 베트남에서 전쟁이 일어났고, 나는 그곳에서 사진을 찍었어요."

당신이 내세울 거라곤 그것뿐이겠죠.

"그때의 경험이 지금 내 사진에 많은 영향을 끼치고

있다는 생각이 들기도 하고."

　지금의 당신 사진들은 침을 뱉고 싶을 만큼 한심해요.

　"어쩐지 모에코 씨와의 작업이 기대되는군요."

　그럼요, 당신은 틀림없이 나를 이 세상에서 가장 아름답게 찍어 줄 거예요.

#뉴욕 3
카리야 이야기

"호텔은 정하셨습니까?"

혼마 모에코는 두 개의 슈트케이스를 데스크에 맡겨
놓은 상태였다. 다른 호텔에 체크인한 것으로 보이지는
않았다.

"남쪽 섬에 사는 소인에 대해 알고 계신가요?"

모에코는 문득 내게 물었다.

"예? 소인이요?"

엉겁결에 그렇게 반문하자 그녀는 얼굴을 옆으로 돌린
채 아무 말도 하지 않았다. 호텔에 대한 대답도 없이 불
쑥 엉뚱한 얘기를 꺼내다니. 남쪽 섬에 사는 소인이라
니, 그게 뭐지?

나는 잠깐동안 정말로 이상한 여자일지도 모른다는 두

려움에 사로잡혔지만, 그 의문은 그녀의 옆모습을 보는 순간 말끔히 사라져 버렸다. 혼마 모에코는 유리가루로 만든 정교한 인형 같았다.

"우선 점심식사부터 할까요?"

점심시간이 가까워졌고 해서 나와 그녀는 근처 이탈리아 식당으로 향했다.

혼마 모에코는 맛있다든지, 형편없다는 말 한마디 없이 라비올리와 샐러드, 초콜릿 무스까지 차례대로 먹어 치웠다.

"같은 호텔도 괜찮다면 방을 잡아 드리겠습니다. 참, 배우라고 하셨는데 어떤 영화에 출연하셨죠?"

분위기와 패션으로 보아 흔히 보는 평범한 여자가 아니다. 라비올리를 입으로 가져갈 때의 동작에도 일정한 리듬이 있다. 마치 기분 좋은 실내악에 취한 듯한 손놀림. 하지만 그렇다고 해서 진짜 여배우라고 단정지을 수는 없다.

"지금까지 겨우 2편뿐이에요. 주연은 아니었지만요. 유럽 영화를 리메이크한 '하버라이트'라는 작품과 '혁명전야'라고, 다이쇼 시대 초기의 프롤레타리아 혁명을 다룬 영화였어요."

프롤레타리아 혁명 따위의 고리타분한 단어를 아무렇

지도 않게 사용하다니, 이런저런 생각을 하는 동안 그녀가 말한 '하버라이트' 라는 영화가 떠올랐다. 일본 영화는 거의 보지 않는 편이지만 그 영화는 '주말 극장' 이라는 시간을 통해 TV에서 본 적이 있었다. 기억나는 내용이라고는 유조선 선원들과 항구 여자들의 진부한 로맨스였다는 것뿐이다.

혼마 모에코는 나의 생각을 전부 읽고 있다는 듯 내쪽을 향해 야릇한 미소를 지었다. 그 표정을 보자 갑자기 온몸에 소름이 돋는 느낌이었다. 영화 속 그녀의 모습이 또렷하게 생각났던 것이다.

그녀는 '하버라이트' 라는 영화에서 허름한 술집의 여급으로 나왔다. 가장 순진하고 어린 호스티스 역할이었는데 떠났던 애인과 재회하는 장면에서 혼마 모에코는 지금과 똑같은 미소를 지었다.

입술의 양끝이 살짝 올라가면서 볼의 근육이 조금 떨리는, 자세히 보지 않으면 거의 알아챌 수 없을 정도의 은근한 웃음. 그것은 스트로보(셔터와 함께 연속 발광하는 광원 중 하나 — 역주) 빛 속에서조차 잡아내기 어려운 순간적인 변화에 불과하지만, 갑자기 날아온 탄환처럼 상대방을 긴장시키는 묘한 마력이 있다.

"잠깐만, 아, 생각났어요. 당신 이름을 들은 적이 있어요."

어쩐지 '하버라이트'에 대한 기억을 이야기하고 싶지
는 않았다. 왠지 무시당할 것 같은 느낌이 들었기 때문
이다.

"사이토 레이코라는 여배우가 당신 얘기를 했었어요.
혹시 아세요? 일흔이 넘은 원로인데, 정말 멋진 배우지
요. 젊은 후배 중에서 재능이 엿보이는 사람은 당신뿐이
라고 하던데."

사실이다. 둔한 나의 머리가 사이토 레이코가 칭찬한
젊은 여배우와 혼마 모에코를 빨리 일치시키지 못했을
뿐이다.

"전 쉽게 오해를 사는 편입니다."

그렇게 말하면서 그녀는 초콜릿 무스에 꽂혀 있던 포
크를 빼내어 접시 옆에 내려놓고는 고개를 돌렸다. 평소
의 표정을 레벨 0, 잠깐 동안의 미소를 레벨 +1이라고
한다면 지금은 -1 정도의 표정이었다. 그런 입에 발린
칭찬 따위는 싫다는, 아부는 결코 용서하지 않겠다는 강
경한 태도가 아니라, '누군가 저에 대해 말한 것을 내 앞
에서 밝히지 말아 주세요' 하는 차가운 거절의 표현이
었다.

나는 점점 묘한 기분에 사로잡혔다.

"그랬군요. 하지만 이번 여행에는 정말로 카메라를 가져오지 않았어요. 일본에 돌아가서 찍도록 하죠. 어디 좋은 기회가 없을까요? 일하고 있는 모습을 찍고 싶은데, 촬영 스케줄은……."

"올해 안에 촬영에 들어가는 영화가 있습니다. 이번에 주연을 맡았는데, 로케지는 가나자와가 될 것 같습니다."

"그래요. 그럼, 그때 찍도록 하죠. 그런데 왜 하필이면 나를 선택한 겁니까?"

누군가 내 안의 블랙홀에 침입하려 하고 있다.

"당신 사진을 좋아하니까요."

'전쟁 때문에 생긴 블랙홀은 영원히 지울 수 없어. 그 어두컴컴한 구덩이가 모든 것을 집어삼켜 버릴 거야.'

클라우스는 이렇게 말했다. 나 역시 같은 생각이다.

"기분 좋은 걸요. 난 인물사진을 꽤 보수적인 방법으로 찍는 편인데. 그건 사진의 기본이라고 생각해요. 파인더를 기준으로 내쪽에는 아무 것도 없다고 생각하는 거죠. 뭐라고 해야 하나, 찍는 사람의 자의식을 완전히 잊어버리는 겁니다. 다른 사람에게 별로 얘기한 적이 없지만 사실 나, 베트남에 있었어요. 당신 세대는 잘 모르겠지만 베트남에서 전쟁이 일어났고, 나는 그곳에서 사진을 찍었어요. 그때의 경험이 지금 내 사진에 많은 영향을 끼치고 있다는 생각이 들기도 하고. 어쩐지 모에코 씨와의 작업이 기대되는군요."

나는 스스로 목소리가 격앙되고 있음을 느꼈다. 혼마 모에코는 서서히 블랙홀 안으로 잠입해 들어왔다. 그녀의 표정 하나하나가 소용돌이 속의 암흑을 더욱 짙게 만드는 것이다.

이런 일은 난생 처음이었다.

우리는 호텔로 돌아갔다. 몇 시간쯤 방에서 쉬고 싶다는 그녀를 올려보낸 후 나는 혼자 콘세르제(호텔에서 극장 표나 여행권을 살 수 있도록 제공하는 서비스 — 역주)로 가서 뮤지컬 티켓을 예약했다. 그리고는 천천히 센트럴 파크를 향해 걸어갔다. 거리를 지나는 젊은 흑인을 볼 때마다 타이난의 해병대 기지가 떠올랐고, 젊은 백인을 볼 때마다 타이난 공항을 오가던 수송기 프로펠러가 눈에 아른거렸다.

당장이라도 눈이 뿌릴 듯 어둑어둑한 공원의 카페테리아에서 나는 이상하리만큼 흥분된 상태로 맥주를 마셨다. 사이공의 석양을 바라보며 마시던 것과 거의 비슷한 맛이 났다.

그 동안 간신히 수평을 이루고 있던 내 안의 균형이 힘 없이 무너져 내리는 느낌이었다.

저녁 무렵, 탱고를 테마로 한 뮤지컬을 보고 나서 혼마 모에코와 나는 브루클린 다리와 맨해튼이 한눈에 내려 다보이는 스카이라운지에 마주앉아 식사를 하였다.

우리는 '뵈브 클리코 그랑 담('위대한 귀부인'이라는 이름 의 최고급 샴페인)'을 마셨고, 그녀는 꽤 취해 있었다. 이런 저런 얘기를 한 것 같은 기분이 든다. 하지만 무슨 말을 했는지 전혀 기억나지 않는다.

그날 밤, 어떤 것도 우리 두 사람을 막을 수는 없었다.

모에코 이야기

형편없는 각본.

볕 좋은 6월 하순, 부엌에서 썩어 가는 생선을 지켜보는 것처럼 지루한 대사의 연속. 나는 지금 무슨 짓을 하고 있는 걸까?

제발 가지 마세요.

부탁이에요.

그분을 데려가지 말아주세요.

남자를 연행해 가는 형사를 향해 눈물로 애원하다가, 이번에는 남자에게 울부짖는다.

기다려요.

내가 도와줄게요.

당신과 영원히 함께 할 거예요.

배경은 쇼와(昭和) 11년(1937년), 멜로드라마가 흔히 그렇듯 한마디로 말해 진부한 이야기이다.

감독은 크랭크인 당일부터 이 영화가 사회주의 성격이 강한 영화임을 여러 차례 강조했었다. 프로 감독인 자신은 물론, 주연인 내게도 결정적인 화제작이 될 거라고. 그리고 스태프 전체는 한 배를 탄 운명 공동체라고 했던가.

나의 배역은 소극적이지만 자의식이 뚜렷한 카페 여종업원으로, 사회운동가의 생계를 위해서 필수적 인물이었다.

'자의식이 강하다는 게 무슨 뜻이죠?' 내가 감독에게 묻자 손가락으로 자신의 턱을 어루만지더니 스스로 생각해 보라고 했다. 그래서 나는 곰곰이 생각해 보았다. 자의식이 강하다는 것은 아마도 명쾌한 결단력을 지녔다는 뜻이리라.

어쨌든 대충 이런 느낌으로 촬영에 임하면 되겠지. 액션! 감독의 고함소리에 연기를 시작하자 쉽게 오케이 사인이 떨어졌다. '제발……'로 시작하는 첫부분에서는 새된 소리가 날 정도로 절규하고, '기다려요'부터는 스스로를 달래려는 듯 울먹이면서, '내가 도와줄게요' 라는 부분에 가서는 그를 돕겠다는 결연한 의지가 엿보이도록. 그리고 마지막으로 '당신과 영원히……' 에서는 어쩌면 그를 구하지 못할 수도 있다는 희미한 절망을 암시하면서. 이때는 성대를 울려 소리를 내기보다 목구멍에서 치밀어 올라오는 발성으로 대사를 읊었다.

모두 천부적인 연기력이라고 박수를 보냈지만 천부적인 감각으로 연기를 할 수 있는 것은 어린아이뿐이다. 당장 이 장면에서 좋은 평을 얻었다고 해서 계속 같은 패턴으로 연기를 한다면 틀림없이 나는 한계에 부딪히고 말 것이다. 나는 각본을 받으면 되도록 침착하게, 그리고 충분한 시간을 갖고 읽는다. 생선 썩는 냄새가 풀풀 나는 대사라도 그것을 신선하게 바꿔야만 한다. 그러기 위해서는 거울 앞에서 같은 대사를 수십 번, 아니 수백 번씩 되풀이해 본다. '당신이 좋아요' 라는 간단한 대사도 말을 할 때의 표정과 말투에 따라 그 느낌은 수백 가지가 될 수 있고, 나는 가능한 한 그것을 전부 연기해 본다. 이렇게 오랜 시간과 공을 들여 최상의 것을 골라내는 작업은 대사에 따라선 꼬박 하룻밤을 새워야 하는 경우도 있고 그나마 수백 번을 되풀이해 보아도 마음에 드는 스타일을 찾지 못하는 때도 있었다. 그 중 최상을 찾아내는 것은 퍼즐 풀기와 비슷해서 진부한 연기 속에 최고가 숨겨져 있을 수도 있다.

어디에선가 서늘하고 기분 좋은 바람이 불어올 때처럼 넘쳐나는 자신감. 발리 섬의 버섯보다 더 가볍게 허공에 떠오르는 기분. 계획적으로 얼굴의 근육을 움직이고 작위적으로 음성을 꾸미는 것이 아닌, 아득한 우주의 끝에서 발사된 빛이 내 몸 속으로 파고들어 자유자재로 형상을 만들어 내는 그때의 기분.

카리야 씨는 나를 보고 주술가라고 했다. 그와 내가 영감(靈感)으로 한몸이 될 즈음, 그러니까 만난 지 아직 1년도 채 넘기지 않았는데 벌써부터 그는 내게서 달아나려 하고 있다.

그게 어디였더라? 뉴욕이었던가, 아니면 로마? 나는 분을 삭이지 못하고 '당신 아들을 반드시 죽이고야 말겠어!'라고 악다구니를 퍼부었다. 그러자 그는 불끈 쥔 주먹을 눈앞에 바짝 들이댔다가 이내 슬픈 표정이 되어 다시 주먹을 거둬들였다. 카리야 씨는 오해를 하고 있다. '너는 지금 블랙 매직(남에게 해를 끼칠 목적을 가진 마술의 한 분야─역주)을 하고 있다'며 그가 웅얼거릴 때 나는 비애로 온통 가슴이 저려왔다.

내 말은 그런 뜻이 아니에요. 당신은 영화 속 주인공보다 몇 배 더 멋지게 살 수 있어요. 두 동강난 베트콩의 시체를 향해 플래시를 터뜨린 사람이 마치 무슨 전시품인 듯 아들의 사진을 여권에 끼워넣고 다니다니…… 당신은 요람에서 잠든 아이도 충분히 죽일 수 있을 만한 힘을 지녔어요.

내가 모든 걸 허락한 남자, 왜 그토록 당신 자신을 모르나요?

이건 비극이야.

하지만 어쩌면 끝은 해피엔딩이 될지도 몰라.

'정말 근사한 연기예요. 보고 있는 나까지 소름이 돋더라니까요.' 나에게 아부하는 조감독도 제법 많아졌다. 특히 그 사람, 이름이 뭐였더라? 눈을 내리깐 채 내 얼굴은 쳐다보지도 않고 '소름이 돋을 정도로 멋진 대사였네' 하며 너스레를 떨어대다니.

수고하셨습니다, 그에게 억지로 인사를 건네긴 했지만 사실 나는 내심으론 '네 몸뚱이는 갈아서 차라리 미트볼을 만드는 편이 나을지도 몰라' 라고 속으로 생각했다.

한 무리의 극성팬들 사이를 뚫고 해변 한복판에 이르니 카리야 씨가 리플렉스 카메라를 펼쳐놓은 채 날 기다리고 있었다. 근처에 사는 할머니들과 노닥거리면서 말이다. 좀더 점잖게 앉아 있으면 안 되나? 나는 어쩐지 그

가 나 이외의 인간에게는 유태인을 대하는 독일인처럼
행동해 주기를 바라고 있다.

"대체 무슨 수작하는 거죠?"

그와 눈이 마주치는 순간, 나는 앙탈하듯 그의 허리를
와락 끌어안았다.

"왜 이러는 거야?"

한심하기는. 선택받은 남자라면 적어도 할머니나 어부
들, 팬들이 지켜보는 자리에서 내 스커트를 걷어올리고
엉덩이를 애무할 줄 알아야 할 것 아냐. 이런 돌발적인
행동쯤은 자연스럽게 소화해 내기를 바랐건만.

"다들 보고 있잖아."

팔로 목을 휘감고서 그의 귓속으로 부드럽게 혀를 밀
어넣자 종군기자였다는 내 남자는 바보 같은 말만 되풀
이했다.

"다들 보고 있잖아."

"남을 의식하는 건 졸장부나 할 짓이라고요."

백 번 옳다. 카리야 씨가 내게 같은 말을 한 적이 있다.

만난 지 얼마 되지 않았을 때였다. 뵈브 클리코 그랑
담을 마셨던 것으로 기억하는데 나는 술기운 탓에 좀 달
아올라 있었다.

'…… 그렇게 나는 이미 물건이 되어 버린 인간을 수

없이 봐 왔어. 지금처럼 이렇게 맨해튼의 야경을 바라보면서 샐러드와 송아지 스테이크를 먹고 은은한 피아노 소리를 들으면서 평생 산다면 모를 수도 있겠지. 인간은 말이야, 요만한 25센트 동전보다 작고 뾰족한 금속 하나가 몸 속에 들어오는 것만으로도 눈 깜짝할 사이에 무의미한 존재로 변할 수 있어. 인간의 존엄성과는 전혀 상관없는, 뭐랄까, 무섭도록 사무적인 일이야. 의미 없이 일어나는 일이지. 파인더를 통해 들여다보는 순간에는 나 역시 그렇게 되지 않으면 안 돼. 렌즈 저편에 불에 활활 타오르는 아이가 있어도 절대 마음을 동요시켜선 안 되지. 일본에 돌아와서 주간지나 TV에 나오는 연예인의 결혼이나 이혼 소식을 들으면서 평화란 이런 것인가, 하고 반문하게 되더군. 추악하고 사악하다고 생각지 않아? 여기서 이런 생각을 품고 있으면 오해받기 십상이지. 베트남에서 본 시체들이 오히려 정겹게 느껴진다니까. 어쨌든 남을 의식하는 건 인간 졸장부야. 전쟁터에 있으면 확실하게 그것을 깨닫게 되지.'

그날 카리야 씨는 정말 근사했다. 나는 휘황하게 빛나는 맨해튼의 야경보다 이야기에 열중하는 그의 옆모습이 훨씬 매혹적이라고 생각했으니까.

'…… 해방전선은 안전했어. 미군과 같은 군복을 입고

있었기 때문에 적의 기습을 받을 위험성도 있었지만, 포로가 된다 해도 처형당할 염려는 없었지. 베트콩의 생활상을 찍을 수 있는 기회를 잡기 위해 일부러 포로를 자청하는 카메라맨들도 제법 있을 정도였으니까. 그런데 캄보디아는 달랐어. 크메르루주군에게 처형당한 카메라맨이나 저널리스트가 얼마나 많았는지……. 유명한 이치노 세타조도 그 중 한 사람이었지. 그는 앙코르와트에서 처형당했다고들 하더군. 캄보디아에는 한 번도 가 본 적이 없지만, 죽을 고비를 넘긴 적이 있어. 그때는 정말모든 게 끝장이구나 생각했지. 국경 근처 타이난에서 교전중인 적군과 맞닥뜨린 거야. 크메르루주군이 포위망을 좁혀 오는 바람에 우리는 박격포조차 제대로 쏠 수가 없었어. 카메라맨은 종군부대와 떨어지면 그것으로 끝장이거든. 그런데 갑자기 총성과 박격포소리가 일제히멎은 거야. 크메르루주군이 갑자기 포위망을 해제시켰던 거지. 지금도 그 이유는 알 수 없지만, 그 후 나는 필사적으로 전투지역에서 탈출하려고 도망쳤어. 이틀 동안이나 정글을 헤맸지. 비상식량이 많았기 때문에 굶지는 않았지만, 언제 다시 크메르루주군에게 잡혀 고문과처형을 당할지 모른다는 두려움에 사로잡혀 정신을 차릴 수 없었지. 무작정 뛰었어. 긴장하면 피로를 잊는다고 하지만 오히려 긴장이 극도에 달하면 졸음이 쏟아지지. 나는 너무나 지친 나머지 적군에게 투항할까도 고민했어. 바로 그때, 내 눈앞에 야생란(蘭) 군락지가 나타난 거야. 난은 나뭇가지에 뿌리를 내리기 때문에 두세 그루가 한꺼번에 얽혀 있는 걸 쉽게 볼 수 있지만 이런 습지에 그것도 땅 위에 그토록 많은 난이 자라난 광경은 난생 처음이었어. 물론 그 후에도 두 번 다시 본 적이 없어. 꿈인지 생시인지 전혀 실감이 나지 않았지만, 그때의 장면만큼은 내 뇌리에 선명하게 각인돼 있어. 현란한 빛깔과 은은한 향기가 지금도 뚜렷하게 기억나는걸. 그런데 너를 처음 보았을 때 그 꽃이 생각났어. 난초같이 여리지만 묘한 향기가 있는……'

지금, 카리야 씨는 모터드라이브가 달린 니콘 F501로 나를 찍고 있다. 무심한 사람. 남자들은 모두 똑같은 걸까? 그는 아까 내 머리에 붙은 눈을 털어준 여자 분장사에게 말을 걸었다. 그녀는 나보다 두 살 정도 많은 평범한 얼굴로, 나이에 맞지 않게 쁘와종 향수 냄새를 폴폴 날리면서 입술을 삐죽거리는 버릇이 있었다. 모터드라이브의 셔터소리가 들리자 남자는 금세 딴 사람으로 변한다. 내게서 난초를 떠올리던 카리야 씨는 어디로 간 것일까. 이렇게 허름한 폐선(廢船) 앞에 나를 앉혀두고, 활활 타오르는 횃불을 들고 옆에서 오렌지 빛 라이트를 비춘다고 해서 생선비린내 나는 영화가 달라질 수 있으리라고 기대하는 건 아니리라. 멍청한 감독은 키라이트 (사진촬영 때 중심 광원(光源)이 되는 조명 — 역주) 대신 불꽃을 터뜨렸다. 가나자와의 칠흑 같은 밤바다에 오색 불꽃이 떠올랐다. 폐선과 횃불에 불꽃놀이. 얼마나 우스꽝스러운 광경인가.

카리야 씨는 왜 좀더 솔직하지 못하는가. 여자 분장사와 이미 그렇고 그런 사이라고 털어놓는다면 차라리 내 마음이 편할 것을.

"눈을 조금 털어냈으면 좋겠는데."

그의 이런 말투에서 나는 직감적으로 알아챘다. 그건 불결한 관계에 돌입한 남녀의 대화라는 것을. 예컨대 '거기, 눈을 조금 털어 줘요' 라는 말로 충분할 것이다. 너무 딱딱하지도, 부드럽지도 않으면서 그렇다고 5년이나 10년 동안 지속된 관계로는 여겨지지 않는 말투. 아마도 저들은 서너 번쯤 만나 잠자리를 하긴 했지만 카메라맨과 분장사라는 관계에서 자연스럽게 행동하자고 약속한 듯한 행동이었다. 나는 이런 일엔 특히 민감하다.

절대로 안 돼요.

아무도 나를 속일 순 없지요.

나는 카리야 씨가, 단과 대학을 나와 한 번쯤 동성애를 맺었을 여자 분장사와 어떤 체위로 그 짓을 했을지도 충분히 상상할 수 있었다. 전등을 훤히 켜 놓은 채 처음부터 구역질나는 체위를 시도했을 것이다. 그런 행위는 비뚤어진 애정을 자아내기 마련이다. 피부의 표면만으로 서로를 갈구하는 기묘한 관계는 이미 저 여자에겐 익숙하겠지.

"모에코, 웃어 봐."

그가 나에게 말한다. 나는 근사한 미소를 지어 보인다. 주변을 에워싼 노파들이나 어부, 팬들 모두가 숨죽인 채 지켜보게 하고 겨울 바다를 압도하기에 완벽한 미소를. 이 정도야 간단하지.

퍼뜩 좋은 생각이 떠올랐다.

해변촬영이 끝나고 우리들은 800년 전통을 가졌다는 온천에 방을 잡았다. 카리야 씨는 이제 막 잠에서 깨어나 술병에 남아 있던 차가운 정종을 컵에 따라 마시려고 한다. 일과 만찬과 섹스를 모두 끝낸 뒤 몽롱한 상태에서 들이켜는 차디찬 술, 최고의 조화이다. 지금 이 순간 카리야라는 남자를 가장 잘 이해할 수 있을 것 같다. 이런 남자를 눈뜨게 하는 데는 냉기와 공포가 최고이다. 나는 면도 크림을 손에 잔뜩 덜어 잠든 그의 목과 볼에 바른 다음 면도를 시작했다.

"쉿, 움직이지 말아요. 목을 벨지도 몰라요."

그는 놀랐다기보다는 침통한 표정을 지었다. 내게서 도망칠 작정인 것이다. 몇 달 전부터 싱가포르에 대해 이것저것 늘어놓는 걸 보니 모든 일을 정리하고 그곳으로 가고 싶은 모양이다. 모든 일이라는 것은 카메라, 회사, 가정, 그리고 나 전부를 가리키는 것이다. 내가 몇 달 전 많은 시간에 걸쳐 가르쳐 준 내 귓속의 세계, 비치 리조트의 주인으로 다시 태어나고 싶은 것일까.

그는 몹시 피곤한 기색이다.

"수염을 깨끗하게 깎지 않으면 키스 뒤에 뺨이 다 얼얼하다고요."

'응, 그래. 알았어' 라고 중얼거리며 그가 멍한 눈으로 나를 쳐다본다.

싱가포르로 떠나보내기에는 너무 애석하다. 다른 방법이 없을까? 카리야 씨는 싱가포르의 슬럼가에서 '두리안' 이라는 열대과일을 나르거나, 말레이시아 인들이 득시글거리는 버려진 섬에서 고기를 잡거나, 혹은 '람보3' 에 나오는 것처럼 가톨릭 성당의 수리공으로 일하며 살고 싶다고 했다. 그렇게 하면 내가 가진 귓속의 세계, 비치 리조트의 주인이 될 수 있을지도 모른다고 생각하는 것이다.

"있잖아요, 난초 얘기 좀 해 줘요."

나는 콧소리로 아양을 떨어 보았다.

"벌써 몇 번씩이나 말해 줬잖아."

그는 내가 짐작한 답변 그대로 내뱉었다. 이 정도의 대화를 상상하는 건 그리 어렵지 않다. 나는 내가 떠올릴 수 있는 가장 슬픈 일을 상기하며 눈물을 떨구었다.

"다 알고 있어요. 싱가포르에 갈 생각이죠?"

손에 쥐고 있던 면도칼을 먹다 남은 게껍질 위에 내려놓자, 그제서야 마음이 놓이는 듯 그는 후우, 하고 한숨을 내쉬었다. 그는 나를 경계하고 있다. 부인과 아이들이 기다리는 가정으로 돌아가지 못하도록 셔츠를 찢고, 울부짖으며, 집요하게 따라다니다가 함께 죽어 버리자고 매달리고도 남을 여자라고 단정짓고 있는 것이다.

하지만 절대 나는 그런 여자가 아니다.

"알았어. 난초 얘길 해 주지."

그는 한 번 크게 숨을 들이마셨다 내쉬고는 이야기를 시작했다.

"타이난 구역 바로 옆에서 크메르루주군에게 포위를

당하게 되었어. 크메르루주군은 베트콩들과 달리 카메라맨과 기자들을 처형한다는 얘기를 듣고 나는 바짝 긴장했지. 포격이 한참 치열해지고 이제 죽었구나, 하고 절망했을 때 이유 없이 적군이 포위망을 풀었던 거야. 나는 탈출을 감행했지만 재수 없게도 부대와 떨어지게 되었고, 덕분에 이틀 동안 정글을 헤맬 수밖에 없었지."

언제나 똑같은 이야기, 마치 녹음 테이프를 돌리는 것 같다. 하지만 우리들은 늘 이 이야기로 위기를 넘겨왔다. 카리야 씨는 내 눈길을 피한 채, 굳은 표정으로 담담하게 말을 이어갔다. 어설픈 연기였다.

"그런데 갑자기 야생란의 군락지가 한눈에 들어오더군. 환상이었을지도 모르지만, 어쨌든 난생 처음 보는 장관이었어."

이번엔 내가 말할 차례였다.

"나를 닮았어요?"

필사적으로 눈물을 참으며 간신히 묻자 카리야 씨는 고개를 끄덕였다. 판에 박힌 그의 연기는 매번 다른 표정이 나오곤 하는데, 오늘밤에는 입술 끝을 살짝 끌어올리며 웃어 보였다.

"응, 그래, 닮았지. 붉고 하얀빛이 어우러져 은은한 핑크빛에 향기가 나는……. 처음 너를 만났을 때 캄보디아

전장에 피어 있던 그 난꽃이 떠올랐어."

이제 달콤한 그의 입술이 내게 다가올 차례이다. 그런데 오늘밤은 여느 때 같지 않았다.

"모에코, 너라면 나를 이해해 주리라 믿지만……."

연기 패턴이 바뀐 것일까. 애무를 지나쳐서 곧장 내 몸속으로 들어오려나 보다.

"난 싱가포르에 가야만 해. 전에 비해서 타락했다고는 생각하지 않지만, 종군기자 시절에는 갖고 있던 무언가를 잃어버린 기분이야. 싱가포르 슬럼가에서 두리안 따위를 나르든지, 아니면 지도에도 없는 작은 섬에서 고기를 잡든지, 그것도 안 되면 성당복구 공사장에서 막일을 한대도 상관없어. 그런 곳에서 사람들을 찍으면서 전장에서 지녔던 감각을 되찾고 싶어. 너는 이 영화로 틀림없이 성공하게 될 거야. 최고의 여배우가 돼서 슬럼가에 있는 나를 찾아와 주길 바래. 그때 내가 지금까지 찍어 보지 못한 최고의 사진을 네게 보여줄 수 있을 거야."

최고의 사진이라…….

그건 미처 예상치 못한 어휘였다. 내가 만든 각본에 들어 있지 않는 대사.

나 역시 당신이 그래 주었으면 해요. 어느 날, 내가 유일하게 존경했던 여배우가 병으로 죽고 말았죠. 숨이 끊기기 직전까지 심한 고통이 동반되는 병이었어요. 생의 마지막 순간, 여배우는 셀프타이머가 달린 폴라로이드 카메라로 자신을 찍었어요. 병실에서 티슈를 얇게 잘라 그것을 공중으로 날리는 순간 셔터를 눌렀다는데, 전에 어느 프로듀서가 그 사진을 보여준 적이 있어요. 나는 태어나서 처음으로 온몸에 전율을 느꼈어요. 살갗부터 내장까지 경련이 이는 듯했죠. 그 사진은 세상에 존재하는 최고의 연기가 담겨 있었어요. 정말로 죽고 싶을 만큼 그녀가 부러웠죠.

나를 찍는 카메라맨은 내 귓속에 감추어진 슬픈 비치 리조트의 주민이어야만 해요. 무의미한 죄악을 저지르고 자연스럽게 악과 친해질 수 있는 그런 사람이어야만 하죠.

카리야 씨는 싱가포르의 슬럼가에서 이 경지에 이르려는 것인가.

"정말, 정말로 많이 찍어야 돼요."

나는 눈물을 흘리면서 몇 번이나 다짐을 했다.

가나자와 2
카리야 이야기

"다들 보고 있잖아."

냉랭한 목소리로 대꾸할 수밖에 없었다. 촬영이 끝나자 모에코가 팬들을 헤치고 나타나 갑자기 내 품속으로 달려들었던 것이다. 주위의 모든 시선이 우리에게 쏠렸다. 손자의 손목을 이끌고 소문으로만 듣던 천재 배우를 보러 온 촌로(村老)들만이 아이들의 눈을 가렸을 뿐, 자리에 서 있던 어부들이나 팬들, 스태프 모두의 시선이 우리에게 붙박여 버렸다.

"남을 의식하는 건 졸장부나 할 짓이라고요."

모에코는 마치 대사를 읊듯 큰 소리로 말했다. 이제 막 끝난 촬영의 여운 때문인지도 모른다. 이번에 그녀가 주연을 맡은 영화는 쇼와 초기 시대를 배경으로 하고 있는

데, 모에코는 때때로 현실과 영화를 구별하지 못할 때가
있다.

영화를 찍고 있을 때뿐만 아니라 평소에도 이런저런
시나리오를 읽으면서 연기 연습을 하고 있기 때문에, 수
시로 다른 캐릭터로 변신하곤 하는 것이다. 많은 캐릭터
중에서도 그녀는 악마에게 홀렸다든지, 악령을 자기 몸
에 불러들이는 역할을 특히나 좋아했다.

하지만 한편으로는 내가 그녀의 연기를 비범하게 생각
하는 이유도 바로 여기에 있다. 나는 사실 그녀가 '남을
의식하는 사람을 졸장부'라고 외치기 바로 직전까지만
해도 노파들이나 어부들의 시선에 신경을 쓰면서도, 속
으로는 은근히 그런 말을 기대하고 있었는지도 모른다.

"모에코, 웃어 봐."

내 말 한마디에 모에코는 어떻게 저런 표정이 순식간
에 나올까 신기할 정도로 매력적인 미소를 만들었다.
125분의 1초로 작동되는 셔터로는 도저히 포착이 어려울
만큼의 미묘한 미소였다.

근육이 가늘게 떨리는 새침한 표정에서부터 상대방을
빨아들이는 야릇한 미소까지, 그녀의 변신은 찰나에 이
루어진다. 누구라도 이처럼 완벽할 수는 없을게다.

촬영이 끝나면 도쿄로 돌아갈 생각이었지만 모에코는

내 생각에 동의하지 않았다. 그녀는 미리 예약해 놓은 여관으로 나를 끌고 왔다.

그녀와 단 둘이 있을 때면 나는 샴페인에 취해 나름대로 달콤한 시간을 보낼 수 있었다. 남자라면 누구나 한번쯤 여배우와의 밀회를 꿈꾸지 않을까.

하지만 언제부터인가 우리는 달콤함보다 고통을 택하고 있었다.

모에코가 영화의 주인공으로 발탁되고 나서 곧 사진집을 내자는 어느 출판사의 제안이 들어왔고 우리는 유럽으로 갔다. 모에코는 여행사 직원과 스태프들에게 나와의 관계를 굳이 감추려 하지 않았다. 다만 스캔들로 번지지 않았던 것은 촬영 장소가 유럽이라는 점과 그녀가 아직 스타덤에 끼지 못했다고 생각하는 잡지기자들의 소원한 태도 덕분이었다.

여행중에 그녀는 어떡해서든 결론을 내고 싶어했다. 그 결론이란, 나의 가족과 자기 중 누가 더 소중한지 가려내라는 것이다. 뉴욕에서 돌아온 직후부터 그녀의 집요한 설득이 계속됐지만 나는 차일피일 대답을 미루고 있었다.

그녀에게 유럽여행은 내 대답을 듣기 위한 하나의 이

벤트에 불과했다. 파리와 함부르크, 베를린으로 이어지는 스케줄 내내 우리는 계속 신경전을 벌여야 했다. 아니, 정확히 말하자면 모에코의 설득과 애원을 들어야 했다.

만약 그 장면을 비디오로 찍어 두었다면 울분과 증오, 모멸감과 애처로움을 연기하려는 연기 지망생들의 교재로 백분 활용됐음직하다. 하지만 나는 그녀의 일방적인 공세를 아무 말 없이 참아내는 것 이외에는 달리 도리가 없었다.

그러나 여행 마지막 날 밤, 로마에서 나의 인내는 드디어 한계에 부딪혔고 '모에코와 내 아들이 탄 보트가 침몰한다면 난 서슴없이 아들을 구할 것'이라는 다소 유치한 표현을 빌려 나의 본심을 드러내고 말았다.

그러자 그녀는 살짝 눈썹을 치뜨며 조용히 말했다.

"당신 아들을 반드시 죽이고야 말겠어."

그날부터 나와 그녀와의 관계는 고통에다 공포가 더해졌다.

나는 심각하게 그녀로부터 도망칠 방법을 궁리하기 시작했고, 때마침 나의 동업자이기도 한 회사 경영인 친구가 싱가포르에 지점을 내고 싶다는 제안을 해왔다. 창업 당시 나도 참여했던 회사가 이제는 새로운 기술과 신소재 개발에서 금융까지 사세(社勢)를 넓혀가고 있던 참이었다. 이 친구가 구상한 싱가포르 지점 개설은 동남아시아 시장에서 신소재 판매를 대행하고 새로운 금융 상품을 소개할 창구가 필요했기 때문이다. 나에게는 하늘이 내려준 기회나 다름없었다.

하지만 모에코에게 어떻게 이 이야기를 꺼낼 것인가. 어설픈 거짓말은 금방 들통날 게 뻔하다.

여관에 들어가기 전, 여자 종업원이 여관 시설을 설명해 줄 때부터 그녀는 분장사와 나와의 관계에 대해 추궁하기 시작했다. 그녀의 집요함과 천부적인 재능에 절대적인 지지를 보내는 나였지만, 말도 안 되는 이유로 트집을 잡는 데는 짜증을 내지 않을 수가 없었다.

"내가 하고 싶은 말은 그게 아니에요. 남자들이 여러 여자 마다하지 않는다는 것쯤은 충분히 이해해요. 하지만 당신에게만은 이해가 안 되는 걸 나더러 어떡하란 말예요?"

"그 분장사는 오늘 처음 만났다니까."

"그런 건 상관없어요. 하지만 적어도 사랑하는 여자가 눈치채지 못하게 만나라고요."

"이봐, 모에코. 처음 본 여자라고 했잖아."

"그게 어쨌다는 거죠?"

"오늘 고마츠행 비행기표를 끊을 때 카운터에서 처음 인사를 나눈 것뿐이야. 그런데 어떻게 바람을 피웠다는 거지?"

"지명을 정확히 대는 건 거짓말에 쓰는 흔한 수법이죠. 이 세상의 모든 허구가 그렇게 성립되는 것 아니겠어요? '오늘 우리는 고마츠행 비행기 티켓을 사다가 처음 마주쳤다'라는 식으로 입을 맞춘 거예요. 상황 설명이 뚜렷하다는 게 그 증거죠. 당신이 내게 둘러댄 곳이 고마츠나, 이와미자와, 혹은 하츠노에나 이치노세키라고 해도 그건 아무 상관없어요. 도시 이름에다 통, 반까지 모조리 댈 수 있다고 해도 말이죠. 미안하지만 그런 수법은 내게 안 통해요. 그럼 당신은 이렇게 말하겠죠. 내 말이 거짓이라는 걸 증명해 보라고. 과연 법대 출신다운 반문이에요. 범죄자가 꼼짝 못할 만한 결정적인 증거를 원하는 거겠죠? 하지만 아무리 영리한 당신이라도 이것만은 알아두었으면 좋겠군요. 완전무죄를 증명하려면 바람을 피우지 않았다는 사실 역시 증명해야만 한다는 사실을."

"말도 안 돼. 그것까지 증명해야 할 이유가 없어. 그 여자와 잤다는 주장을 일축할 만한 증거로 충분히 됐어. 모에코는 내가 분장사와 무슨 일이 있었는지 증명할 수 있어?"

"말 돌리지 말아요."

"하지 않은 일을 증명해야 한다는 건 중세 마녀사냥에서나 나오는 논리야."

"예외란 것도 있죠."

"내가 당신 예상에서 벗어난 짓을 한 적이 있던가?"

"그걸 어떻게 믿어요?"

종업원이 차를 내오고 밥상이 차려지고, 식사를 하고, 비워진 접시들이 하나 둘씩 치워지는 동안 우리의 설전(舌戰)은 끊임없이 이어졌다.

신기한 것은 모에코가 단순히 심사가 틀어졌다거나 지루함을 달래기 위해 시비를 거는 게 아니라, 정말로 내가 분장사와 관계를 가졌다고 확신하고 있다는 점이다. 그녀는 세세한 것까지 하나하나 말도 안 되는 꼬투리를 잡았다. 분장사와 내가 모종의 은밀한 시선을 교환했다고 억지를 부린다면야 그런 대로 참아 넘길 수 있다.

허나 오히려 그녀는 나와 분장사가 필요 이상으로 자연스럽게 행동한 것을 더 못마땅해 했다. 그날 아침 소개받았기 때문에 거의 말 한마디 주고받지 않았던 것은

'아무 일도 없었던 것처럼' 하기 위함이 아니라, 정말로 말을 건네기가 어색했기 때문이라는 사실을 모에코는 좀처럼 믿으려 하지 않았다. 게다가 3일째 되는 날까지 분장사와 내가 여전히 서로 서먹서먹하게 대했던 이유도 들통이 날까 봐 일부러 그렇게 행동한 것이라고 우겨 댔다. 자연스러운 행동일수록 더욱 혐의가 짙다는 주장은 그녀의 연기관과도 깊은 관계가 있었지만 자신의 기준으로 다른 사람의 행동까지 판단하려 들다니 도저히 이해할 수가 없었다.

그러나 모에코의 세심한 지적을 듣고 있노라니 내 의식이 서서히 그녀에게 포섭돼 가고 있었다. 여자를 바라보는 것이 간음의 첫단계라는 관점에서 본다면 어쩌면 난 그 여자 분장사와 이미 깊은 관계인지도 모르고, 비행기 안에서 나도 모르게 이상한 짓을 했을지도 모른다. 아니면 전생에 둘이 초원을 누비던 한 쌍의 사자였을지도……

확신에 찬 모에코의 '연기론'을 듣고 있는 사이 그런 얼토당토 않는 생각들이 스쳐 지나갔다.

언제나처럼 격렬한 말다툼 뒤에 서로를 탐닉하는 섹스가 이어졌고 덕분에 잠시 동안 휴전상태에 돌입하게 되었다. 나는 몸과 마음이 지쳐 깊은 잠에 빠져들었다. 그러나 모에코는 휴전중에도 잠드는 법이 없었다. 그녀의 자의식은 잠시도 쉴 줄을 몰랐다. 모에코와 함께 잠자리에 들어 먼저 잠드는 것은 매우 위험천만한 일인데, 한 번은 스타킹으로 목을 졸린 적도 있었다. 숨쉬기가 고통스러워 눈을 떠보니 모에코가 무표정한 얼굴로 눈물을 떨구며 작가를 알 수 없는 시 구절을 내 귀에 대고 속삭이고 있었다.

순간 화들짝 놀라 침대 밖으로 그녀를 세게 밀어내자 그녀는 바닥에 나뒹굴어진 채 '그래요, 맘대로 하란 말이에요'라고 새된 소리를 지르더니 낄낄거렸다. 잠자는 내 얼굴이 너무 자연스러웠다는 것이 목을 조른 이유였다. 모에코는 '자연스럽다'는 단어를 끔찍이도 싫어했다.

그녀에게 있어 자연스러운 언행은 지극히 경멸스러운 것이다. 자신의 행동 하나하나가 다 연기였으므로.

"쉿, 움직이지 말아요. 목을 벨지도 몰라요."

모에코는 내 턱과 목에 면도 크림을 발랐다. 그녀의 말이라면 대부분 수긍하고 따라 주는 나였지만 베트남에서 있었던 일을 화제로 삼는 것에는 정말로 화가 치밀었다. 그로 인해 지금까지도 툭하면 악몽에 시달리는 것도 이유였지만, 한편 그것이 나 자신을 지탱해 주는 중대한 경험이라고 여기기 때문이다. 내가 상기된 얼굴로 버럭 소리라도 지르면 모에코는 흐뭇한 미소까지 짓곤 했다. 그럴 때마다 이 여자와 헤어져야겠다는 생각이 절실해졌다.

그건 그렇고 그녀의 기억력만큼은 가히 경탄하지 않을 수 없었다. 베트남에 대한 이야기는 거의 꺼내지 않았고 특수부대 같은 용어 따위는 단 한 차례 입에 올렸을 뿐이다. 야간에 적의 진영에 숨어들어 자고 있는 군인들의 목을 베는 이른바 '암부슈'는 더더욱 그랬다.

베트남의 밤을 지배하는 것은 물론 베트콩들이었다. 그래서인지 밤은 정부군과 미군, 모두에게 두려움의 대상이었다. 보초병들은 진지 안으로 숨어들어 와 소리도 없이 한 사람씩 죽이는 베트콩을 '꽁란'이라고 불렀다. 베트남 어로 뱀이란 뜻이다. 죽음을 부르는 꽁란의 습격을 막기 위해서는 보초병들도 꽁란처럼 어둠 속에 몸을 숨기고 주위를 살펴야 했다. 나는 딱 한 번 그런 현장을 경험한 적이 있다. 모에코와의 만남을 제외하고 그때와 같이 공포감을 느껴본 일이 없다. 꽁란이라는 단어 역시 그녀가 베트남 말을 배우고 싶어했을 때 무심코 튀어나온 것이다. 그것도 단 한 번, 만난 지 얼마 되지 않았을 때였다.

모에코가 베트남 이야기를 꺼내면 나는 어쩐지 나의 존재 자체가 가벼워지는 듯한 쾌감을 피할 수 없었다. 계기야 어찌 되었든 간에 베트남을 떠올릴 때마다 나는 두려움과 동시에 묘한 해방감에 젖곤 했다. 그런 나의 모습은 모에코에게 놀림감이 되기에 충분했다.

또다시 그녀의 농간에 놀아났다는 생각에 당장이라도 벌떡 몸을 일으키고 싶었지만 목줄기에 닿은 차가운 면도날 때문에 눈썹 하나 까딱할 수 없었다.

"수염을 깨끗하게 깎지 않으면 키스 뒤에 뺨이 다 얼얼하다고요."

응, 그래. 알았어, 가까스로 이렇게 말했지만 목소리가 심하게 떨렸다. 모에코는 이런 내 목소리에 기분이 좋아진 것 같았다. 목소리가 떨리는 것으로 보아 거짓말이 아닐 거라고 생각할 것이다.

그 순간 나는 결심을 굳혔다. 무슨 일이 있어도 싱가포르로 도망쳐야겠다고. 그리고 오늘밤에는 기필코 나의 결심을 그녀에게 알려야만 한다.

"있잖아요, 난초 얘기 좀 해 줘요."

모에코는 이상하리만큼 그 이야기에 집착했다. 그것은 우리 관계에 있어 윤활유 또는 냉각수와 같은 화제이기는 했다.

"벌써 몇 번씩이나 말해 줬잖아."

곧바로 이야기를 해 줘서는 안 된다. 난꽃 이야기는 나의 유일한 무기이니까. 그녀가 어째서 이토록 연연하는지는 알 수 없지만 적어도 '전장에 핀 난꽃'에서 배어나오는 감상 따위를 즐길 여자는 결코 아니다.

"다 알고 있어요. 싱가포르에 갈 생각이죠?"

모에코는 그렇게 말하며 면도칼을 내려놓았다. 울먹이는 목소리다. 나의 생각을 이미 간파했으면 어쩐담? 나는 최대한 감정을 자제하려고 노력했다. 어떻게 대뜸 내 머릿속에 있는 싱가포르 이야기를 꺼낸 것일까.

"알았어. 난초 얘길 해 주지."

손등으로 눈물을 훔치는 그녀는 악마 앞에서 몸을 떠는 가녀린 소녀의 이미지를 연기하는 것일게다.

"타이난 구역 바로 옆에서 크메르루주군에게 포위를 당하게 되었어. 크메르루주군은 베트콩들과 달리 카메라맨과 기자들을 처형한다는 얘기를 듣고 나는 바짝 긴장했지. 포격이 한참 치열해지고 이제 죽었구나, 하고 절망했을 때 이유 없이 적군이 포위망을 풀었던 거야. 나는 탈출을 감행했지만 재수 없게도 부대와 떨어지게 되었고, 덕분에 이틀 동안 정글을 헤맬 수밖에 없었지."

이미 스무 번도 넘게 되풀이한 이야기임에도 마치 처

음인 양 모에코의 태도는 여전히 진지했다. 난초 이야기라면 넌덜머리가 났지만, 워낙 여러 번 반복한 일이라 감정의 기복을 나타내지 않고 말할 수 있어 오히려 다행스러웠다.

"그런데 갑자기 야생란의 군락지가 한눈에 들어오더군. 환상이었을지도 모르지만, 어쨌든 난생 처음 보는 장관이었어."

그녀가 살짝 미소를 지어 보였다.

"나를 닮았어요?"

그래, 널 닮았지. 그건 사실이야. 꾸며낸 얘기가 아닌데도, 수십 번 되풀이하다 보니 태곳적부터 전해져 내려오는 전설처럼 느껴졌다.

"응, 그래. 닮았지. 붉고 하얀빛이 어우러져 은은한 핑크빛에 향기가 나는…… 처음 너를 만났을 때 캄보디아 전장에 피어 있던 그 난꽃이 떠올랐어."

이때 틈을 보이면 안 된다.

"모에코, 너라면 나를 이해해 주리라 믿지만……."

말문을 연 순간, 나는 모에코의 세계로 빨려들어간 듯한 착각이 들었다. 그녀의 귓속에 있다는 쓸쓸한 도시. 아직까지 완전히 이해할 수는 없지만 간단히 말해 연기할 때 다른 사람으로 변하거나 누군가를 흉내내지 않고 귓속에서 들려오는 신호를 받아들일 따름이라고 여기는 착각 말이다.

이번에는 나도 그녀와 같은 수법을 사용하기로 했다. 거짓말이지만 그것은 연기하는 것이 아니라 가상으로 만들어 놓은 이미지를 그대로 표현하는 것이다.

"난 싱가포르에 가야만 해. 전에 비해서 타락했다고는 생각하지 않지만, 종군기자 시절에는 갖고 있던 무언가를 잃어버린 기분이야. 싱가포르 슬럼가에서 두리안 따위를 나르든지, 아니면 지도에도 없는 작은 섬에서 고기를 잡든지, 그것도 안 되면 성당복구 공사장에서 막일을 한대도 상관없어. 그런 곳에서 사람들을 찍으면서 전장에서 지녔던 감각을 되찾고 싶어. 너는 이 영화로 틀림없이 성공하게 될 거야. 최고의 여배우가 돼서 슬럼가에 있는 나를 찾아와 주길 바래. 그때 내가 지금까지 찍어보지 못한 최고의 사진을 네게 보여줄 수 있을 거야."

나는 나 자신이 아닌, 제3의 또 다른 인물이 내 안에 들어와 나를 조종하고 있다는 느낌으로 내 심중에 담아 두었던 말을 단박에 쏟아냈다.

"정말, 정말로 많이 찍어야 돼요."

눈물을 철철 흘리면서 모에코는 몇 번이고 다짐했다.

그러나 이상하게도 계획을 성공시켰다는 안도감이 들

지 않았다. 왜냐하면 가상이 아닌, 정말로 누군가에게 조종당하고 있다는 야릇한 느낌이 들었기 때문이다. 그녀가 나를 조종하는 것이 아니라면, 훨씬 강력한 힘을 가진 존재가 우리 두 사람을 조종하고 있는 것일까…….

유이키 이야기

나는 지금 블루버드 호텔 지하 1층에 있는 '이세이'라는 디스코테크에 있다. DJ가 하필 내 여자를 지목하더니 무대로 올라와 춤을 추라고 했다. 그녀, '마토 크리스티'는 불과 두 달 전에 뉴욕에서 돌아왔다.

내가 사는 곳, 싱가포르와 같이 빈부의 격차가 심한 곳에서 춤과 연기를 배우러 뉴욕까지 갈 정도의 여자라면 여기서는 최고 상류층에 속한다. 마토의 부모님은 금융 브로커로, 말레이시아 리조트 개발에 막대한 자금을 투자하여 갑부가 되었다.

마토는 지금 이스라엘 가수의 흥겨운 노랫가락에 맞추어 춤을 추고 있다. 이미 손님들은 플로어에서 빠져나간 상태였다. 워낙 소질도 있었지만 뉴욕에서 2년이나 춤을 배웠으니 이런 곳에서 '춤의 여왕'이라 불리는 게 당연했다. 마토의 춤이 싱가포르에서는 좀처럼 볼 수 없는 탁월한 실력이다 보니 내 눈치를 살피는 녀석들도 꽤 있었다. 저런 여자를 손에 넣다니 도대체 어떤 놈일까, 뭐 하는 녀석이길래……. 그들의 시선은 그렇게 말하고 있었다.

나는 가와사키의 황량한 공업단지에서 자랐다. 아버지는 사회주의 영화에나 나올 법한 전형적인 노동자였고 얼굴이 곱상한 어머닌 슈퍼마켓에서 파트타임제로 일했다. 형은 아버지의 피를 고스란히 이어받아 평생 일을 찾아 쫓아다녀, 고등학교를 졸업하자마자 가와사키 관청의 토목과에 들어갔다.

나는 중학교를 졸업하고 나서부터 영어 공부에만 매달렸다. 외모나 지능은 어머니를 닮은 덕분에 관공서에서 하루에도 수백 번씩 머리를 조아리지 않아도 그럭저럭 살 만했다. 어학은 어머니가 권해 준 것이다. 어머니도 외국어에 능통했지만 고졸이라는 학력 때문에 번듯한 직업을 얻기는 힘들었다. 만약 어머니에게 작은 무역 회사라도 취직할 기회가 있었다면 결코 아버지 같은 무능한 남자와는 결혼하지 않았을 것이다. 내색은 안 했지만 어머니에겐 결혼하기 전까지 사귀던 멋진 애인이 있었다. 내게만 슬쩍 인사를 시켜 주었는데, 그는 난생 처음 보는 보석을 몸에 여러 개 지니고 유럽을 자기 집처럼 드나드는 부유층이었다. 그것은 식용 달팽이라든지 캐비아, 자라와 같은 귀한 음식을 즐기는 것만 보아도 쉽게 알 수 있었다.

고등학교를 졸업한 뒤, 나는 삼류 여행사에 들어가 2년간의 실무를 거쳐 싱가포르로 건너왔다.

싱가포르에서도 어학 공부를 계속했다. 지금은 대만어와 북경어, 말레이시아 어까지 조금씩 할 줄 안다.

그래도 마토 같은 여자가 왜 나 같은 놈을 좋아하는지 나 스스로도 납득이 되지 않는다. 외국어를 잘하고, 매너 좋고 그러면서도 어딘가 불량기가 있어 좋다고 말하지만 진짜 이유가 무엇인지 도통 감이 안 잡힌다.

'여자가 말하는 것은 전부 믿어라.' 언젠가 어머니가 내게 해 준 말이다. 그리고 나도 이 말에 공감하고 있다.

마토는 이마에 땀이 맺힐 정도로 격렬하게 춤을 춘다. 몸을 젖혀 어깨와 허리를 요란하게 흔들면서 복잡한 스텝을 밟는 그녀. 아까부터 내게 윙크를 하고 손을 흔들어 대는 통에 주변 남자들의 부러운 시선을 한몸에 받고 있긴 하지만 술맛은 그다지 달지 않다. 아니, 아무리 마셔도 취하지가 않는다.

그것은 어쩌면 어제부터 래플스 호텔에 묵고 있는 어떤 여자 때문인지도 모른다.

유명한 배우라는데, 이름이 뭐더라?

"나도 한 번 만나 보고 싶은걸."

디스코테크를 나와 우리는 레스토랑에서 '퓨어 삭스핀'이란 요리를 먹었다. 보통 삭스핀은 수프 형태라서 '먹는다'기보다는 '마신다'라는 표현이 더 적절하겠지만 이 식당 삭스핀의 크기는 웬만한 어른 손바닥만했다. 이곳은 싱가포르의 상류층에게만 개방된 곳이다. 가이드북에 나와 있지도 않을 뿐더러 간판이나 네온이 없기 때문에 겉에서 보기에는 그저 고급 주택단지의 저택으로 보였다. 회원과 그 직계 가족만이 이용할 수 있도록 해 놓았어도 음식값이 터무니없이 비싼 편은 아니었다.

싱가포르에 온 뒤로 알게 된 새로운 사실이지만 상류 사회만 드나드는 이런 가게 수가 제법 되었다. 졸부들은 그들의 재력을 과시하고 싶어하지만 진짜 상류층은 되도록 감추려고 노력하는 법인데, 말하자면 이곳은 그들의 아지트인 셈이다.

"틀림없이 친하게 될 거야."

바다 그 자체를 맛보는 기분으로 삭스핀 조각을 입에 가져다 넣으면서 나는 마토에게 말했다.

그 여배우의 이름은 혼마 모에코이고, 올해 들어 나의 스물한 번째 고객이었다.

외국어에 능통한 것은 말할 것도 없고 마토와 같은 여자를 사로잡을 만큼의 로맨틱한 마스크에 푸르스트(프랑스의 소설가)나 다니자키 준이치로(1886~1965, 관능적인 아름다움을 경배하며 '영원한 여성'을 문학 속에서 추구한 일본의 소설가 — 역주)에 도통할 정도로 인텔리인 내가 단체손님 따위를 몰고 다닐 수는 없는 노릇이다. 지금 내가 맡고 있는 'VIP 서비스'에서는 태어날 때부터 모든 것이 최고급으로 정해져 있는 고객들만 상대하고 있다.

"어째서? 내가 쾌활하기 때문에?"

마토와 같은 여자를 두고 단순히 쾌활하다고 해야 하나, 모를 일이다. 마토는 스물두 살의 젊은 나이에도 불구하고 영어는 물론 불어와 대만어, 북경어, 말레이시아어를 자유자재로 구사하고 최근에는 힌두스타니 어(인도인의 공통언어)와 일본어까지 공부하고 있다. 어디에 가든지 입만 열면 굶을 일은 없을 거라고 농담 삼아 이야기하곤 했지만 실제로 그녀는 화성이나 목성에 데려다 놓아도 그곳의 수컷들을 홀리면서 즐겁게 살아갈 여자였다. 제법 술을 잘 마시면서도 피부미용에 나쁘다는 이유로 거부할 만큼 자기관리에도 철저했다. 섹스에 있어서 주도권은 늘 그녀에게 있었고 내게는 거부하거나 강요할 권리가 없었다. 새벽이 다 되도록 끊임없이 요구할 때가 있는가 하면 일주일 동안 손잡는 것조차 허락하지 않을 정도로 새침한 구석도 있었다.

그것은 마토가 수려한 미모에다 부자이기 때문이 아니라 가정 환경으로 인해 자연스럽게 배어나오는 분위기 때문이라고 판단했다.

'성욕은 동물도 마찬가지야. 발정기를 잃어버린 것은 인간뿐이라고. 다른 동물의 암컷은 발정기가 아니면 절대로 몸을 열지 않아. 종족 보존을 위해 인류는 발정기를 없앴지만 이젠 슬슬 부활할 때도 되지 않았을까' 그녀는 태연하게 이렇게 말하곤 했다.

"그래, 그 여배우, 어딘가 색달랐어."

이틀이 채 지나지 않은 어제 오후, 싱가포르 항공 85편이 도착했다. 회사에서 내준 리무진의 성능이 그리 좋지 않은데다 공항 주변도로의 심한 정체 때문에 나는 30분이나 늦고 말았다.

여배우는 하얀 슈트에 검은 모자, 선글라스를 끼고 네

개의 슈트케이스를 들고 있어 멀리서도 금방 알아챌 수
있었다. 그녀는 이제 막 공항을 빠져나와 택시 승강장을
향해 걸어가고 있던 참이다. 항공사 승무원들이 돌아볼
만큼 매력적인 모습이었지만, 묘한 점은 지금 이렇게 삭
스핀을 먹으면서 첫인상을 떠올리려 애를 써 봐도 아무
것도 생각나지 않는다는 것이다. 그러고 보니 이 요리와
는 정반대의 경우다.

'퓨어 삭스핀 수프'를 처음 맛 보았던 것은 싱가포르
에 온 지 반년 정도가 지나서다. 끈적끈적한 지느러미의
부드러운 풍미는 혀와 목구멍, 위장까지 빠른 속도로 녹
아 들어갔고, 출출할 때 삭스핀을 생각하면 내 몸 속에
지느러미 성분만이 부족한 듯한 착각이 들만큼 강렬한
식욕에 사로잡히곤 했다. 그 여배우는 누구나 돌아볼 만
한 미모와 옷차림을 하고 있으면서도 뭐랄까, 육체라는
느낌이 없었다. 그렇다고 피와 땀, 눈물이 없는 로봇이
나 인형 같으냐 하면 그것도 아니다. 영어로 말하자면
'Pale', 창백하고 희미하다는 뜻이지만 그것도 딱 들어
맞는 표현은 아니다. 북경어에 그런 형용사는 아예 존재
하지도 않는다.

모든 형태가 가지런히 정돈되어 있었다. 눈과 코, 입술
과 턱, 헤어스타일, 목의 흐름, 어깨와 허리, 다리선에 이

르기까지 어느 한 군데 흠잡을 곳이 없었고, 가슴과 엉덩이도 옷맵시가 날 만큼 알맞게 부풀어 있었다. 하지만 욕정을 불러일으키는 구석은 없었다. 깎아놓은 것처럼 얼굴이 너무 예쁜 여자를 상대하다 보면 부담스러워서 발기가 잘 되지 않는다는 친구녀석도 있었지만, 나와는 전혀 상관없는 얘기였다. 아무리 완벽한 여자라 해도 집중력을 발휘하면 얼마든지 할 수 있는 법이다.

마토의 몸매도 거의 나무랄 데 없지만 섹스에 충분히 몰입할 수 있다. 여배우의 인상이 강렬하지 않았던 까닭은 그녀의 완벽함 때문만은 아닐 것이다.

늦은 것에 대한 사과와 함께 소개의 말을 마치고 리무진의 문을 열자, 여배우는 선글라스를 코끝까지 천천히 내린 후 내 얼굴을 쳐다보았다. 행동이 특별히 유난스러운 것은 아닌데, 어찌 된 영문인지 등줄기가 오싹해지는 느낌이 들었다.

차에 올라 공항로를 빠져나가는 동안 한마디도 하지 않던 여배우가 돌연 큰 소리로 외쳤다.

"아름다운 거리네요."

나는 얼떨결에 예? 하고 반문해 놓고 그런 나의 모습이 얼마나 멍청해 보였을까, 하는 생각에 얼굴이 후끈 달아올랐다. 본래 말이 없는 편인지, 아니면 나를 무시

해서 조용한 건지 한참 궁금해 하고 있던 참에 갑자기 말을 걸어 깜짝 놀랐던 것이다.

"예?"

한참 동안 대답을 기다렸지만 그녀는 아무 말도 없었다.

"싱가포르는 처음이십니까?"

이번에는 백미러로 뒷자리를 쳐다보면서 물어 보았다. 그러자 여배우는 표정 하나 변하지 않고 나를 무시했다. 싱가포르에 처음 왔느냐는 평범한 질문이 아닌 좀더 기발한 것을 생각해 낼걸, 하는 후회가 들었다. 예를 들면 '푸르스트를 좋아하십니까'라든가, '공산주의를 어떻게 생각하십니까' 또는 '북경식 오리 요리와 비둘기 요리 중에 어느 것을 더 좋아하십니까'와 같은……

하지만 이상한 것은 무시당했음에도 화가 나지 않았다. 마치 정교하게 만들어진 조각상을 마주 대하고 있는 듯한 느낌이라고 할까.

"색다른 여자라고? 그럼 나는?"

삭스핀 다음 코스로 나온 '웰크' — 한 개에 50달러(싱가포르 달러)나 하는 — 조개를 씹으며 마토가 묻는다. 좀 전까지 웨이터와 심각한 이야기를 나누고 있던 것 같았는데…….

'요전에 아가씨 아버님께서 오셨는데, 춤을 배우게 한 건 아무래도 실수였던 것 같다고 후회하시고 계십니다. 귀국한 후에도 밤낮 일본인 불량배와 어울려 다니니 걱정이라고 하시면서…….'

'어머, 그래요? 아버진 딸을 언제까지나 어린애로 생각하신다니까요.'

웨이터는 분명히 내가 그 일본인 불량배이며, 대만어는 알아듣지 못하리라고 짐작했던 것이다.

그는 전부터 부유한 화교들의 아지트인 고급 레스토랑에 나 같은 젊은 일본인이 들락거리는 것을 그리 달가워하지 않는 눈치였다.

그러나 마토는 사람들의 못마땅한 시선에 전혀 개의치 않았다.

"넌 위대한 아시아의 상징이야."

"나도 그렇게 생각해."

마토는 진지한 얼굴로 그렇게 응수한다. 그녀는 어떠한 경우에도 결코 부끄러워하는 법이 없다.

"그럼 나도 이 삭스핀이나 웰크와 마찬가지 존재인가?"

마토는 싱겁게 웃는다. 언젠가 그녀는 웰크가 없다는

것만으로 뉴욕이란 도시가 싫어지더라고 말한 적이 있었다. 그렇다, 웰크나 삭스핀에는 불가사의한 힘이 있다. 일단 한 번 맛보면 인간으로 하여금 그 맛에 의존하게 만드는…… 마치 마약처럼. 어쩌면 그 여배우도 같은 존재일지도 모른다.

"아까 그 얘기나 계속해 봐. 대체 어떻게 다르다는 거지?"

아파트에 돌아오자마자 마토는 또다시 그 여배우 얘기를 꺼낸다.

"별로 말이 없었어. 글쎄…… 뭐라고 꼬집어 설명하기 어려워."

나는 애매하게 대답한다. 작년 여름부터 살기 시작한 이 아파트는 전쟁 때 일본군 고급장교의 기숙사였고, 그보다 먼 과거에는 부유한 외국인 여행자들의 호텔로 쓰였다.

그래서인지 마토는 내 집을 무척 편안해 했다. 내년 봄, 뉴욕으로 돌아가기 전까지 잠시 머물 호텔쯤으로 여기는 것 같았다. 게다가 핸섬한 용모와 미끈한 몸매, 세련된 매너까지 두루 갖춘 일본 남자와 함께 지낼 수 있는 호텔은 아마 세계 어디를 가도 찾기 힘들 것이다.

우리는 결혼하자는 얘기 따윈 꺼낸 적이 없지만 사랑

한다는 말에 한치의 거짓도 들어 있지 않다는 사실은 확신한다. 마토와 같은 여자에게 사랑이란 그것만으로도 충분한 것이다.

나는 예전에도 이런 부류의 여자를 만난 적이 있는데, 스페인의 이비사 섬에서 건너온 스위스 국적의 유태인 아가씨였다. 부유한 은행가의 딸이기도 한 그녀는 모든 학과과정을 마치자마자 열다섯 살의 어린 나이에 스위스를 빠져나와 리비에라와 라다데르, 아카풀코, 이비사의 리조트를 전전하며 다양한 피부색의 남자와 어울리는 것을 생의 유일한 낙으로 삼고 있었다. 나는 발리에서 코타키나바르, 몰디브에 이르는 긴 여행길에 그녀의 안내자 역할을 맡았다.

그 여자나 마토 같은 여자들에게 부족한 것은 아무 것도 없다. 정조관념이나 윤리의식의 차원을 넘어 인생의 정수를 깨달은 사람들. 그들은 섹스와 마약, 술, 요리, 모든 것에 이미 통달해 있어 어느 한쪽으로 치우치는 법이 없다. 즐기기는 하지만 그렇다고 한 가지에 지나치게 집착하거나 얽매이지 않는다. 정조관념이나 모럴이란 본래 쾌락을 알지 못하는 인간에게만 적용되는 법칙이다.

'아직 젊기 때문에 이런 생활이 가능하다고 생각해. 내가 알고 있는 중년 여자들은 대개 알코올이나 사랑 따

위에 의지하고 싶어하던 걸.'

이상하게도 나는 이런 종류의 여자와 인연이 깊다. 중학 시절, 첫사랑 상대는 얌전한 학급위원이면서 밤이면 미군 흑인병사들이 즐겨 찾는 요코즈카의 디스코 클럽에 들락거리던 여자였다. 그리고 고등학교 2학년 때 나의 첫번째 섹스 상대는 고등학교를 중퇴하고 몇 차례 강간을 경험하면서 인도와 파키스탄을 여행한 뒤, 미국으로 건너가 변호사 자격을 땄다.

인연이 깊다는 것은 다시 말해 내가 그런 스타일을 좋아한다는 의미일 것이다. 몇 해 전 이혼한 아내는 어떤 여자였던가. 머리 회전이 빠르고 자기분석도 뛰어난 내가 판단하기에, 틀림없이 아내 역시 같은 부류에 속해 있으리라 생각한다.

그 여배우가 어떻게 달랐는지, 마토가 물었다. 신경이 쓰이는 모양이다. 내가 여배우에게 마음을 빼앗길 걸 걱정하는 것은 아니다. 이비사 섬 출신의 여자와 나머지 두세 명을 제외하고 나는 고객과 절대로 관계를 맺지 않는다. 그것은 이 일을 하면서 세워 둔 하나의 원칙이기 때문에 마토 역시 그런 문제에 대해서는 어느 정도 나를 신뢰하고 있다. 마토는 나와 여배우와의 관계가 아니라 그 여자 자체에 흥미를 느끼고 있는 것이다.

싱가포르는 처음이십니까라는 질문에 보기 좋게 무시당하긴 했지만 별로 기분이 상하지는 않았다. 놀라운 일은 호텔에 도착했을 때 일어났다. 크림색 건물을 가리키며 '래플스 호텔입니다'라고 말하면서 어떤 표정을 짓고 있을까 궁금한 마음에 백미러를 보니, 여배우는 눈물을 흘리고 있었다. 지금껏 사람이 우는 것을 수도 없이 보았지만 그 정도로 심하게 어깨를 들썩이면서도 무미건조한 표정으로 우는 사람은 처음이었다. 조각상이 단지 눈물만 흘리고 있다는 느낌이 들었다. 호텔 현관에 도착했을 때는 언제 울었냐는 듯 얼굴이 보송보송해졌지만 내 마음은 이상하리만큼 혼란스러웠다. 그녀가 관광을 위해 이곳에 온 것이 아닐 거라는 생각이 든 것도 바로 그때였다.

체크인 수속을 밟는 동안 여배우는 카운터에 싱가포르 슬링이 죽 늘어서 있는 롱 바(long bar)와 호텔의 19세기 풍경화가 걸린 기둥, 대리석 로비, 세계적으로 유명한 라이터즈 바(writer's bar) 등을 천천히 둘러보고 있었다.

팜코트가 내려다보이는 긴 복도를 지나 케네디스 룸으로 안내하면서, 나는 줄곧 왜 이 여배우가 래플스 호텔을 선택했는지 그 이유에 대해 골몰히 생각하고 있었다. 체재 기간은 단 일주일뿐이다. 이곳이 다른 여느 호텔에서 느낄 수 없는 독특한 분위기를 풍기고 있는 것은 틀림없는 사실이다. 좁고 긴 테이블이 늘어서 있는 롱 바, 기자나 소설가들이 즐겨 찾았다는 라이터즈 바, 티핀 룸, 엘리자베던 그릴(Elizabethan grill) 등의 관광명소와 함께 호텔 전체가 품위 있는 센티멘털리즘으로 가득 차 있다.

손녀를 데리고 홍콩에서 건너온 대 부호나 보스턴에서 온 4명의 와스프(WASP, 앵글로 색슨계 백인 신교도) 중년 여인, 늘 타이프라이터를 두드리고 있는 뚱뚱한 영국인 신사, 아시아 남단에서 온 중년의 독서광……. 모두 래플스의 역사와 분위기에 의미를 두고 이곳에 머물고 있었지만 이 여배우는 그런 것 같지는 않았다.

무언가 매우 중요한 사건이나 절실한 사람이 있는 이곳 싱가포르에 도착하자 여배우는 감격에 겨워 자신도 모르게 눈물을 흘리고 말았고, 내게 그것이 탄로날까 봐 감정을 최대한 억눌렀던 것이다.

하지만 그녀의 행동에는 결코 감정적인 요소가 들어 있지 않았다. 래플스 호텔은 과거에 대한 향수를 갖고 있지 않는 사람들에겐 별 의미가 없는 곳이다.

"여기가 케네디스 룸입니다. 호텔 안에서 서머셋 몸이 즐겨 묵었다는 래플스 스위트 룸과 함께 가장 유명한 최상급 객실입니다."

설명을 마치자 여배우는 과장된 제스처로 고개를 끄덕였다. 대영박물관에서 미라를 보면서 가이드의 해설을 넋이 나간 듯 듣고 있는 어수룩한 여자 사무원과 같은 모습이었다.

"여배우인 에바 가드너(미국의 4~50년대 활동한 섹스 심볼의 여배우)도 몇 번인가 이곳에 머문 적이 있었고, 그때 검은 팬티 한 장을 침대 위에 놓고 떠났다고 합니다."

그렇게 말하면서 여배우의 반응을 살폈지만, 그다지 만족스런 결과는 얻을 수 없었다. 그녀는 초보 여행자 흉내나 고개를 끄덕이는 일을 멈추더니 '어쩜 그렇게 지루한 얘기만 하지요?' 하는 표정으로 나를 쳐다보았으니까.

"저녁식사는 어떻게 하시겠습니까?"

여행지에 도착하자마자 곧장 관광을 떠나고 싶어하는 부류도 있고, 쇼핑을 즐기고 싶어하는 사람도 있지만, 홀로 여행하는 부유한 여자들은 대개 낮잠을 즐긴 뒤에 맛있는 음식을 먹으러 나가는 코스를 선택한다. 물론 그 중에는 나의 외모에 반해 계획을 수정하는 여자들도 있다.

"피곤해서 그만 쉬고 싶습니다."

여배우는 짜증스럽게 말했다. 4시밖에 안 됐는데, 잠을 자다니……. 저녁식사라도 함께 하자고 하면 어쩌나, 내심 걱정하고 있던 참이었는데 다행스러웠다.

"그럼, 내일 아침 9시에 모시러 오겠습니다."

이것으로 오늘 하루 일정이 끝났다고 생각하니 더욱 그녀가 어떤 여자인지 알고 싶어졌다. 여배우는 벽에 걸려 있던 19세기 싱가포르의 풍경을 담은 동판화에 시선을 고정시킨 채 아무 말도 하지 않았다.

"너무 빠릅니까? 그럼 10시로 할까요?"

여전히 입을 꼭 다물고 있었다. 그러나 내 말을 듣지 못했을 리는 없다.

"있잖아요, 에드바그 가드너는 왜 팬티를 잊어버렸을까요?"

갑작스런 질문에 순간, 나는 움찔했다. 미국 여배우의 이름을 일부러 틀리게 말함으로써 '여배우인 내게 감히 다른 여배우의 얘기를 꺼내다니 배짱도 좋군요' 하고 비난받는 느낌이었다.

"아, 에바 가드너 말씀이시군요?"

순진한 얼굴로 다시 묻자 여배우는 배시시 웃었다.

"참, 그랬었죠."

웃는 것은 처음 보았지만 어딘가 난해한 미소였다.

"건망증이 심했던가, 아니면 짐이 너무 많아서 팬티 한두 장쯤 빠뜨려도 상관없다고 생각한 건지도 모르죠."

여배우는 더 이상 내 이야기에 관심이 없었다. 에바 가드너는 단 하룻밤도 남자 없이는 견디지 못했답니다. 그녀에게 있어 침대는 늘 팬티를 벗는 장소였겠지요, 여배우는 누구나 그런 욕망을 가지고 있다고 생각하십니까? 그렇게 질문을 이어가는 방법도 있었지만, 나는 그럴 수 없었다. 내 말을 무시하고 있는 그 여배우에게서 건드리면 금방이라도 터질 것 같은 긴장감이 느껴졌기 때문이다.

객실 앞에서 가볍게 목례를 하자, 그녀는 12살짜리 소녀처럼 깍듯하게 머리를 숙여 인사를 했다.

그날 하루 동안 기분 좋았던 순간은 그때뿐이다.

다음날 정각 9시, 호텔에 도착하니 여배우는 로비 앞에서 나를 기다리고 있었다. 예전에 아내가 생일 선물로 주었던 24색 색연필 세트 안에서도 찾아볼 수 없었던 묘한 색상의 슈트를 입고 뜨거운 싱가포르의 태양 아래 서 있으면서도 땀 한 방울 흘리지 않았다. 진과 청바지, 허리지갑에 운동화 차림으로 몰려다니는 다른 투숙객들의 시선을 한몸에 받으면서도 그녀는 눈썹 하나 까딱하지 않았다.

"먼저 어디로 모실까요?"

"차이나타운."

싱가포르의 차이나타운은 민속촌과 다름없는 곳이다. 다른 도시, 예를 들어 뉴욕이나 LA, 샌프란시스코, 런던처럼 중국인 이민자들이 만든 거리가 아니다. 싱가포르는 원래 전체 인구의 80%가 중국인이기 때문에 굳이 차이나타운을 만들 필요는 없다. 결국 이곳의 차이나타운은 옛 건물의 보존과 관광 수입을 위해 국가에서 정한 일종의 특수 구역인 셈이다.

이런저런 이야기를 하며 걷는 동안, 여배우는 다른 상념에 빠져 있는 듯했다. 안내 역할을 맡은 내가 따라다녀야 할 정도로 그녀는 거리 이곳저곳을 헤집고 돌아다녔다.

이윽고 여배우의 발길이 한 곳에 멈추어 섰다. 망고를 파는 과일 가게 앞에서 그녀는 '그 과일이 두리안입니까?' 라고 물었다. 가게 주인이 '아니오, 이건 망고예요. 두리안은 건너편 길에 있어요' 라고 대답하기가 무섭게 여배우는 잰걸음으로 길을 건넜다. 두리안과 망고도 구별하지 못하는 것을 보면, 미치도록 두리안이 먹고 싶어 싱가포르에 온 것은 아닐 거라는 계산을 하며 나는 잠자코 그 뒤를 따랐다.

더운 바람이 불어대는 노천 카페에 앉아 잠시 쉬는 동안 여배우는 두리안을 나르는 인부를 뚫어져라 쳐다보다가 이내 긴 한숨을 뽑아냈다.

나는 지린내가 강하게 풍기는 두리안을 권하면서 그녀가 가진 비밀을 알아낼 수 있었다.

"냄새가 대단하죠? 브라질에는 부인을 포주에게 팔아가면서까지 이것을 먹는다는 얘기가 있을 정도입니다. 일본 백화점에서는 한 개에 만 엔 정도 한다고 하는데, 여기서는 2백 엔이면 먹을 수 있습니다. '과일의 왕'이라고도 부르지요."

"왕이요?"

"예, 그래요. '과일의 왕자'는 망고스틴이라는 과일입니다. 망고스틴이 이것보다는 먹기 편하지요."

나는 사이를 두지 않고 질문을 계속했다.

"저어, 누굴 찾고 계십니까?"

여배우는 가지런한 흰 이와 세포 입자 하나하나가 살아 있는 듯한 분홍색 혀를 이용해 두리안의 속살을 능숙하게 발라 먹었다. 별개의 생명체인 양 꿈틀대는 두 장의 입술 사이로 야릇한 냄새가 새어나왔다. 스코틀랜드 시인이 태양의 은총이라 불렀던 두리안의 냄새. 이 여자는 아마 지금까지 다른 사람 앞에서 이런 악취를 토해낸 경험이 없을 것이다.

"아기가 웃는 것을 본 적이 있으세요?"

갑작스런 질문에 하마터면 목구멍에 걸린 두리안을 뱉을 뻔했다.

"아기들은요……, 눈으로 보는 데는 서툴지만 웃을 줄은 안답니다. 알고 있어요?"

"아, 그렇습니까?"

나는 멍하니 입을 벌리고 있다가 멍청하게 반문했다.

그때부터 여배우의 고백이 시작되었다.

나는 그 내용을 하나도 빠짐없이 마토에게 들려주었다.

"그러니까 아기의 미소와 싱가포르에서 카메라맨을 찾겠다는 그녀의 목적에는 어떤 연관성이 있다는 말이네."

마토는 코냑을 홀짝거리면서 여배우의 이야기를 흥미롭게 듣고 있었다.

"그렇지."

"그 카메라맨이 싱가포르의 슬럼가에 몸을 숨기고 있단 말이지?"

"그렇게 말했어."

"그런데 싱가포르에 슬럼가가 있던가?"

"없지, 그래서 나는 섬으로 안내했어. 그런 곳에 간 것은 나도 처음이었어."

그 카메라맨은 일본 경찰과 친구들의 추적을 피하기 위해 차이나타운에서 두리안을 나르든지, 아니면 작은 섬에서 고기를 잡으며 살고 싶다고 말했다는 것이다. 나는 싱가포르 근방의 섬은 모조리 꿰고 있는 동료에게 전화를 걸어 고기잡이로 생계를 이어 가는 섬이 얼마나 남아 있느냐고 물었다. 네덜란드인인 동료는 피식하고 웃음을 터뜨렸다.

"고기잡이라고? 웃기지 좀 마라. 싱가포르의 섬은 죄다 골프장이나 석유 저장 기지로 바뀌었는걸. 가만 있자⋯⋯, 지금도 고기를 잡고 있는 곳이라면 푸라우세킨 섬 정도일 거야. 하지만 그곳도 취미로 낚시를 즐길 뿐이지, 대부분 싱가포르로 출퇴근하는 사람들이 많아."

푸라우세킨 섬에는 어디를 가나 염소와 고양이, 닭, 앵무새 천지였다. 빨래터에 있던 여자들에게 말레이시아어로 이 섬에 일본 사람이 살고 있냐고 물었지만 하얀 이를 드러내며 웃기만 할 뿐 아무 대답도 없었다. 일본 사람이 이 섬에 온 것은 우리들이 세 번째라고 했다. 처음에는 리조트를 건설하기 위해 방문한 개발 회사 직원이었고, 두 번째는 정유 폐기물 업자였다. 내가 처음 말을 건넨 노파는 너덜너덜해진 명함을 소중하게 간직하고 있다가 우리들에게 자랑스럽게 내밀었다. 여배우는 명함을 뒤적거리더니 침통한 표정으로 고개를 설레설레 흔들었다.

"이런 사람들이 아니에요."

그 섬에는 말레이시아 특유의 공동 묘지가 있었다. 그녀는 마치 TV시리즈에 나오는 비련의 여주인공과 같은 얼굴을 하고 기묘하게 생긴 묘비 앞에 서 있었다.

"여기가…… 무덤인가요?"

지금 당장이라도 무릎 꿇고 붉은 황토에 입이라도 맞출 기세였다.

"이곳에는 일본 사람이 살고 있지 않습니다. 그러니 죽었을 리도 없지요."

'복잡한 일에 끼어들게 되었군' 하며 혀를 차고 있을 때, 여배우가 갑자기 킥킥거리며 웃기 시작했다.

"차라리 죽는 편이 마음 편했을 텐데."

무슨 영문인지 알 길이 없는 나로서는 그녀의 웃음소리가 어쩐지 두렵게 느껴졌다.

"자신의 처지를 비관하고 웃음을 터뜨린 게 아닐까?"

마토는 얼음이 다 녹아 버린 술잔을 천천히 입으로 가

져가면서 이렇게 물었다. 미지근해진 칵테일조차 그녀가 마시고 있으면 한결 맛있어 보인다.

"그건 아닌 것 같았어."

"찾고 있다던 남자를 생각하면서 웃었던 것일까? 하지만 그 남자는 차이나타운에도, 그 섬에도 살고 있지 않았잖아."

"어쨌든 의미를 알 수 없는 야릇한 웃음이었어. 이건 내 생각인데 그 여배우 앞에서 할머니가 바나나 껍질을 밟고 넘어진 것을 보고 웃음을 터뜨렸다고 해도, 무엇 때문에 웃었는지 속마음을 알 수 있는 사람은 어차피 자기 자신뿐일걸. 상황이 어찌 되었든지 간에 나는 그 여배우가 지금과 전혀 상관없는 기억을 떠올리며 웃고 있다고밖에 상상할 수 없었을 거야."

"그 여배우, 어쩐지 연기학원에서 배운 대로 행동하는 것 같아."

"연기학원?"

"파트너를 정해서 연기연습을 하는 수업이 있거든. 일단 무대에 올라가서 시나리오를 받는데, 셰익스피어나 테네시 윌리엄스의 작품일 경우가 대부분이지. 그걸 나름대로 해석하는 거야. 자신이 직접 정상적인 셰익스피어를 연기하든지, 마약을 끊는 바람에 금단 증상으로 고

통받는 셰익스피어를 연기하든지 설정은 자기 마음대로
야."

"좀전에는 파트너와 함께 연기하는 수업이라고 했잖
아?"

"그랬지. 아무래도 리얼리티가 살아 있는 애드립을 먼
저 시작하는 쪽이 유리하겠지. 이 수업은 현실 속의 자
신과 시나리오의 관계를 재빨리 파악하는 데 매우 필요
한 과정이라고 할 수 있어."

"흐음, 그러고 보니 그 여배우, 행동하는 게 연기하고
있는 것 같기도 해."

"그러니까 섬에서 돌아온 뒤에 난꽃 얘기가 시작된 거
군."

그렇다, 난초에 대한 이야기이다.

지금까지 그토록 끔찍한 기억은 딱 두 번밖에 없다. 첫
번째는 알을 가득 품고 있던 거미의 배를 얼음 송곳으로
찔렀을 때였고, 두 번째는 떠돌이 개에게 물려 죽은 고
양이의 사체 속에 우글거리는 구더기를 보았을 때였다.

차이나타운을 돌아본 후 왕복 2시간의 항해를 마치고
호텔에 돌아왔을 때, 우리는 지칠 대로 지쳐 있었다. 호
텔 로비는 유서 깊은 래플스의 저녁 뷔페를 맛보기 위해
몰려든 단체 손님들로 북새통을 이루었고 여배우는 생

전 처음 보는 사람들의 어깨가 자신의 몸에 닿을 때마다 미간을 찌푸리며 불쾌해 했다. 이런 여자가 찾고 있는 사람은 어떤 남자일까 생각에 잠긴 사이, 래플스 호텔의 매니저인 미스터 덩컨이 나를 불러 세웠다.

"어이, 다케오. 청구서 가져가야지."

"청구서?"

"방에 가 보면 알 거야."

회사는 교통편으로 쓰인 배삯과 골프장 사용권, 여기에 식사와 기념품값 등을 고객 대신 지불하는 시스템을 채택하고 있다. 난꽃도 서비스 품목 중 하나인데, 이름과 주소만 대면 손님을 대신해 원하는 곳까지 배달해 주도록 되어 있다. 물론 그 대금은 마지막 정산 때 가이드 요금에 포함되어 계산된다.

미스터 덩컨이 건네 준 청구서를 보고, 나는 하마터면 점심 때 먹었던 두리안을 토해낼 뻔했다. 그것은 5만 싱가포르 달러, 엔화로 환산하면 무려 350만 엔짜리 청구서였다. 떨리는 손으로 청구서를 받아든 뒤 서둘러 케네디스 룸으로 달려가자, 여배우가 문간에 선 채 내게 손짓을 하고 있었다. 방안은 난꽃으로 발 디딜 틈조차 없었다. 로버트 케네디가 그 광경을 보았다면 아마 저격당할 때까지 기다리지 못하고 심장마비로 그 자리에서 쓰러졌을지도 모른다. 소파와 홈 바가 있는 거실은 사람이 겨우 지나갈 만큼의 공간을 제외하고는 완전히 난꽃 천지였다. 침실은 더욱 가관이었는데, 지붕 달린 침대와 욕실입구와 등나무 의자의 주변 10센티미터 정도 간격을 두고 장방형의 침봉에 꽂힌 난꽃이 빽빽하게 들어차 있었다. 뿐만 아니라 욕실과 창문, 무언가 올려놓을 만한 공간엔 빈틈없이 핑크와 노랑, 빨간색의 꽃잎이 흔들리고 있었다.

눈앞이 아른거리고 가슴이 심하게 방망이질쳤다.

"봐요, 어딘가에 있을 거라고 했잖아요. 이렇게 많은 꽃을 보내 주다니."

오래 전부터 갖고 싶었던 물건을 부모로부터 선물받은 열 살짜리 초등학생처럼 여배우는 환하고 천진난만하게 웃고 있었다.

나는 당황한 나머지 오른손에 쥐고 있던 5만 달러짜리 청구서를 주머니에 구겨 넣었다. 여배우는 미소를 머금은 채 머리 위의 선풍기를 올려다보았다. 난꽃들이 소리 없이 하늘거리는 이유는 선풍기 바람 때문이었던 것이다. 그녀는 온종일 나와 함께 다녔던 여자라고는 믿어지지 않을 정도의 온화한 시선으로 선풍기를 바라보고 있었다. 너무나 이해하기 힘든 상황이었으므로, 나는 난꽃들을 치울까요, 하고 물었다. 그러나 여배우는 고개를 가로저으며 이렇게 말했다.

"아무도 없는 이 방에 들어올 때나, 한밤중에 눈을 떴을 때 저게 계속 돌아가고 있는 거예요. 마치 살아 있는 것처럼. 보세요, 내게 말을 거는 것 같지 않아요?"

내 이야기를 듣고 있다가 마토는 불쑥 말을 꺼냈다.

"잘 모르겠지만, 이것만은 확실해."

"뭐가?"

"그 여배우는 고독한 여자야."

나 역시 그렇게 생각한다.

싱가포르 2
모에코 이야기

비행기에서 내려다보이는 싱가포르의 거리. 이곳 어딘가에 그 사람이 살고 있다고 생각하니 손끝에서부터 그리움이 일어나 몸 안에 담겨져 있던 수분이 전부 눈으로 모여 드는 느낌이다. 하지만 나는 눈동자 가득 눈물이 고여도 절대 울지 않으며, 목구멍으로 신물이 넘어와도 토해 내지 않을 자신이 있다.

나는 울지 않았다.

짐을 받아들고 출구로 나가 보니 아무도 없다. VIP 서비스라는 관광회사에 가이드를 부탁해 놓았는데 이렇게 직접 슈트케이스를 끌게 하다니, 어찌 된 일일까.

그 회사는 싱가포르에서 가장 가격이 비싼 여행사다. 다른 여행사와 비교도 할 수 없을 만큼 높은 가격이었기 때문에 그만한 가격이면 까탈스러운 부자들이나 제멋대로인 나 같은 사람도 별 다른 불편 없이 관광을 마칠 수 있으리라 짐작했었다. 사람들은 흔히 고급스러운 분위기에 돈이 많이 드는 곳이라면 나름대로 서비스나 음식, 시설 등이 뛰어날 것이라고 생각하지만 그렇지 않다. 단지 안전할 뿐이다. 손님들의 프라이버시와 까다로운 주문을 있는 그대로 받아들이는 거다.

어쩌면 가이드가 없는 편이 차라리 잘 된 일인지도 모른다. 온힘을 다해 눈물을 참는 중이기 때문이다. 하기야 파리나 런던, 로마에서 만난 일본인 가이드는 한결같이 차갑게 식어 버린 핫케이크처럼 무미건조한 인간들뿐이어서 이번에도 누군가 내게 다가와 '오시느라 수고하셨습니다' 라고 인사를 건넨다면 보석 같은 나의 눈물은 분명 빛을 발할 새도 없이 말라 버리고 말 것이다.

택시로 가면 그만이다. 이렇게 생각하면서 밖으로 나오니 축축하고 더운 공기가 성가신 걸인의 손길처럼 내 몸에 와 닿았다. 이런 곳에서는 어떤 방법으로 나를 지키면 좋을까. 실크 속옷과 실크 스타킹, 실크로 만든 슈트…… 나는 눈물샘뿐만 아니라 땀샘까지 컨트롤하지 않으면 안 된다.

배와 가슴에 긴장감을 불어넣으며 몸가짐을 가다듬고

있을 때, 어린 나이에 남자를 알아 버린 아이돌 스타나 타고 다닐 법한 흰색 리무진이 요란한 소리를 내며 내 옆에 멈추어 섰다.

"혼마 씨, 혼마 모에코 씨 아닙니까?"

젊은 남자는 내 이름을 부르면서 차 밖으로 뛰어나왔다.

무슨 일일까?

그 남자는 파리나 런던에서 본 밋밋한 가이드들과는 전혀 달랐다. 단정한 생김새를 가진, 확실한 계획을 정해 놓고 목표를 위해 끊임없이 자신을 채찍질하는 타입의 남자였다.

일 초라도 빨리 상황판단을 해야겠다고 생각한 나는 선글라스를 약간 내려 상대를 관찰했다.

만나자마자 이런 행동을 보이면 안 되는데, 순간 반성했지만 이미 늦었다. 게다가 눈가에 잔뜩 고여 있는 눈물을 어떻게 처리해야 할지도 문제였다.

"아름다운 거리네요."

습하고 무거운 열대의 바람을 맞으면서, 나는 초등학생 수준으로 머릿속을 비우고 그렇게 내뱉었다.

아무 말이라도 꺼내지 않으면 안 될 분위기였지만 그렇다고 한마디만 툭 던지고 잠자코 앉아 있는 일은 더욱 고역이었다. 더군다나 복식호흡을 이용한 큰 목소리로 말이다. 목소리를 컨트롤하는 일이라면 나는 '보이스 트레이닝 교실'의 선생보다 100배는 잘할 자신이 있다. 예상했던 대로 가이드는 멍청한 목소리로 '예?' 하고 반문했다.

"싱가포르는 처음이십니까?"

보이스 트레이닝 교실에 100년은 족히 다녔을 법한 낭랑한 목소리였다. 그러나 나의 본능적인 예민한 감각으로 볼 때 그것은 보이스 트레이닝에 의한 것이 아니라 외국어 발성 훈련 때문이라는 사실을 눈치챘다. 외국어를 한 가지씩 마스터할 때마다 목소리는 아름다워지는 법이다. 심성도 그렇게 달라진다면 좋겠지만.

당연히 나는 그 질문에 대답하지 않았다. 질문한 사람 역시 대답을 기대하는 것 같지 않았다. 무엇보다 스스로 의외라고 생각했던 것은 '아름다운 거리네요'라는 질문에 '예?' 하고 성의 없이 답한 그 가이드에게 내가 호의를 품는다는 사실이다.

"래플스 호텔입니다."

시내에 접어들어서 흰 벽에 고풍스러운 건물을 가리키며 그가 그렇게 말했을 때, 나는 내게 우는 것을 허락했다. 내가 갖고 있는 모든 재능을 십분 발휘하여 눈물을 쏟았다. 나 자신에게 최고 수준의 눈물연기를 보여 주고 싶었기 때문이다. 역시 너는 천재야.

래플스 호텔은 오래된 수족관 같은 느낌이었다. 처음 소풍을 떠났던 미우라 반도 끝에 있던 낡은 수족관. 칠이 벗겨진 흰색 건물이 덩그렇게 서 있고 수조 안에는 무기력해 보이는 커다란 물고기들과 멍청한 작은 물고기떼가 이리저리 헤엄치고 있었다. 치바현의 전통 가옥과 닮은 '롱 바'라는 곳은 내가 열네 살 때 하라주쿠의 집 근처 카페에서 즐겨 마시던 싱가포르 슬링의 근원지인 모양이다. 임신한 여자모양을 한 유리잔에 빛바랜 핑크빛의 은밀한 색깔을 띤 칵테일이 카운터 위에 자랑스럽게 늘어서 있었다.

"이 사진이 서머셋 몸입니다."

내가 '라이터즈 바'에 들어서자, 베트콩의 시체처럼 조각내서 다시 짜 맞추어야 간신히 인간으로 보일 것 같은 중국인 바텐더가 나를 맞이했다. 나는 답답한 얼굴의 중국인을 보면 난징대학살이 떠오른다.

"이것은 헤르만 헤세이고 그 옆이 키플링, 그리고 이것은 조셉 콘라드입니다."

묻지도 않았는데 그 바텐더는 굳이 이런저런 설명을 늘어놓는다. 만일 내가 마지막 황제 '부의'였다면 이런 인간은 식초가 담긴 항아리에 산 채로 집어넣어 버렸을 것이다.

"실례합니다만."

녀석, 정말 실례라는 사실을 알고는 있나. 사람들은 'Excuse me'라고 말하면 무엇이든 용서되는 줄 착각하고 있다니까.

"손님도 작가이십니까?"

실크 슈트에 선글라스, 모자를 쓰고 눈물샘과 땀샘까지 조절할 줄 아는 여류 작가가 과연 지구상에 몇 명이나 될까. 나는 여배우란 말이야.

가이드가 체크인을 마치고 돌아와 팜코트 주변을 도는 회랑을 통해 방까지 안내해 주었다. 당분간은 가방이라면 '루이 뷔통' 밖에 모르는 촌뜨기 중학생처럼 행세할 생각이다. 그것이 제일 마음 편하다.

"여기가 케네디스 룸입니다. 호텔 안에서 서머셋 몸이 즐겨 묵었다는 래플스 스위트 룸과 함께 가장 유명한 최상급 객실입니다."

어머, 그래요? 흐음.

"여배우인 에바 가드너도 몇 번인가 이곳에 머문 적이 있었고, 그때 검은 팬티 한 장을 침대 위에 놓고 떠났다고 합니다."

촌뜨기 중학생으로 지금 상황을 넘기려던 나의 계획은 금세 무너져 버렸다. '에바 가드너' 얘기를 꺼내다니……, 이 가이드 얕보면 안 되겠어. 에바 가드너라, 그녀는 의사의 딸이었지.

"저녁식사는 어떻게 하시겠습니까?"

방에 막 들어서려는데 가이드가 상냥하게 물었다.

"피곤해서 그만 쉬고 싶습니다."

만지면 금방이라도 부서질 것 같은 연약한 소녀처럼 힘없이 대답했지만 사실 나는 아이 여섯쯤은 너끈히 낳을 수 있을 만큼 튼튼하다.

"그럼, 내일 아침 9시에 모시러 오겠습니다."

이것으로 가이드와 헤어질 것을 생각하니, 애매모호한 감정의 싹이 히아신스의 그것처럼 살며시 얼굴을 내밀었다. 스스로도 믿을 수 없는 일이지만 내 옆에 가이드가 없다는 상상만으로도 왠지 슬퍼지는 느낌이었다. 그 기분을 알아채지 못하도록 나는 잠자코 서 있었다. 침묵, 이거야말로 가장 간편한 대응 방법이다.

"너무 빠릅니까? 그럼 10시로 할까요?"

"있잖아요, 에드바그 가드너는 왜 팬티를 잊어버렸을까요?"

잠깐 동안의 침묵을 깬 것은 내쪽이었다. 바로 직전에

들은 이름을 잊어버린 척했다. 나는 아직 당신과의 대화를 포기하지 않았답니다.

"아, 에바 가드너 말씀이시군요?"

가이드도 나와의 대화를 즐기고 있다. 좋은 사람인데다 꽤 핸섬했기 때문에 그 보답으로 난이도 70%의 미소를 선물했다.

"건망증이 심했던가, 아니면 짐이 너무 많아서 팬티한두 장쯤 빠뜨려도 상관없다고 생각한 건지도 모르죠."

순간, 난꽃이 눈에 들어와 아무 말도 들리지 않았다. 난꽃, 그렇다. 싱가포르는 난초의 명산지였던 것이다.

난꽃이라……

난꽃.

난꽃?

과거의 기억이란 좋게 말해 헨리 밀러의 소설이나 마라(오스트리아의 작곡가 겸 지휘자 — 역주)의 심포니이지만, 나쁘게 말하면 비버리힐스의 쓰레기 처리장과 같아서 하나의 사실을 기본으로 추억을 체계적으로 엮는 일이 매우 어렵게 되어 있다.

하지만 난꽃은 예외다. 난꽃에 관해서만은 현실과 내 안의 세계와의 관계를 확실하게 체계화시켜 접근하지 않으면 안 된다.

나는 그만 난꽃에 마음을 빼앗겨 가이드를 향한 경계심을 놓아 버렸고, 그와의 대화는 결국 실패로 돌아갔다. 방을 나가면서 가이드가 가벼운 목례를 했을 때, 나는 마치 농협을 찾아온 농부의 부인처럼 깍듯하게 고개를 숙였던 것이다. 26년 간 살아오면서 그런 평범한 인사를 건넨 것은 처음이었다.

나는 시선 처리와 입술 끝의 주름, 목뼈의 각도까지 일일이 계산에 넣은 113종류의 인사법을 알고 있다. 가이드에게 했던 것은 그 인사법 중 어느 곳에도 들어 있지 않은 너무나 구태의연한 인사였다. 아무리 멍청한 연출가라 해도, 이 장면에서는 누구나 '컷!' 하고 외쳤을 것이다. 나는 나 자신을 용서하지 못해 어떤 벌을 내리는 것이 좋을까 궁리하다가 금세 피곤해져서 접어 두기로 했다.

내게는 그것 말고도 해야 할 일이 있다.

나에게 있어 현실보다 100배 더 중요한 귓속의 세계에 난초라는 식물은 존재하지 않는다. 내 안의 세계, 세상에서 가장 쓸쓸한 나만의 리조트는 난초를 재배할 수 있는 북방 한계보다 훨씬 북쪽에 있다. 그렇다고 해서 이대로 잠자코 있을 수는 없다. 난초는 나와 카리야 씨를 이어 주는 가장 강력한 매개체이다. 카리야 씨가 몇 번이나 내게 말했다. 캄보디아에서 크메르루주군의 포위망을 뚫고 정글을 헤매고 있을 때 야생란의 군락지를 발견했고, 나를 처음 만났을 때 그 난초의 꽃들이 연상됐다고. 그렇다, 나는 그 말을 50번도 넘게 들었다. 카리야 씨는 자기 자신과 가정, 경찰, 사회에서 만난 모든 사람들로부터 쫓기듯 살아온 사람이어서 내게도 거짓말을 많이 했지만, 난꽃 이야기만큼은 진실임을 믿을 수 있다.

'경찰? 카리야 씨가 경찰에게도 쫓기고 있었나요?'

내 안에 있는 또 다른 내가 물었다. 또 다른 '나'의 이름은 잔느. 그녀는 리조트 안의 작은 요양소에 입원해 있는 프랑스와 이탈리아계의 혼혈여성이다. 그 요양소는 정신이상과 에이즈를 동시에 앓고 있는 부자들만 상대하는 곳으로 프랑스와 이탈리아 정부, 일본의 자동차 회사가 출자해서 만들어졌다. 이곳의 제1호실이 바로 잔느의 입원실이다. 나는 잔느가 아니지만, 잔느는 그녀 자신인 동시에 나이기도 하다. 그녀는 나의 대역으로 내가 리조트에 보낸 여자이다.

'그런데 모에코, 카리야 씨는 경찰에게도 쫓기고 있었나요?'

그래.

그는 걸레처럼 너덜너덜해진 베트콩의 시체 속에서 살

아왔고 아름다운 부인과 귀여운 아들, 남보기에 괜찮은 직장과 하고 싶은 자신의 일까지 버리고 구역질나는 세계로 다시 돌아간 거예요.

'경찰에 쫓기고 있었던 남자는 2년 전, 당신이 영화에서 맡았던 주인공의 연인이었잖아요?'

정신병과 에이즈로 고생하는 사람치고 기억력이 대단하군요. 그럼 당신은 내가 현실과 영화를 혼동하고 있다는 말인가요? 미안하지만 나는 그 정도로 평범하지도, 단순하지도 않아요. 카리야 씨는 일본인으로는 처음으로 당신네 리조트의 시민권을 딴 사람이니까 경찰에 쫓기는 것은 당연하잖아요.

'하지만 그는 암흑가가 아닌 슬럼가로 간다고 하지 않았던가요?'

한시라도 빨리 잔느를 머릿속에서 내쫓아 버려야만 한다. 그녀는 극도로 피곤해질 때마다 가끔씩 이상한 증상을 보인다. 나는 난꽃에 대해 지금보다 더 진지하게 생각해야만 하는데. 카리야 씨는 몇 백만 송이나 되는 난꽃을 이곳으로 보내 줄 것이 틀림없다. 그는 거짓말쟁이지만 크메르루주군에 대해선 거짓말을 하지 않는다. 베트콩의 시체 앞에서도 결코 거짓을 말하지 않는다. 그리고 난꽃은 카리야 씨와 나, 베트콩을 이어 주고 있다.

카리야 씨는 내가 이 호텔에 묵고 있다는 사실을 알게 되면 주저없이 일본의 친구에게서 돈을 융통해 백만 송이의 난꽃을 보내줄 것이다. 나는 그때를 대비해 래플스 호텔을 고른 것이다. 래플스 호텔에 유명인사가 묵으면 그 소문이 싱가포르 전역에 퍼진다고 했다. 지금쯤은 카리야 씨의 귀에도 내 소식이 전해졌을 것이다.

'모에코, 카리야 씨에게 그런 것까지 바라는 것은 무리한 욕심일지도 몰라요.'

또다시 잔느가 끼어들었다. 무리들 중에 언제나 홀로 따돌림당하는 못생긴 여자아이 같다.

듣고 싶지 않아, 하지만 잔느는 쟝 루이 트랑티냥과 공연한 적도 있는 유명한 여배우였다.

''선셋 대로'라는 영화를 알고 있어? 글로리아 스원슨이 주연한 영화 말이야. 나는 영화에 관한 것이라면 뤼미에르부터 하이비전에 이르기까지 모르는 게 없지. 내가 보기에 너는 지금 '선셋 대로'의 글로리아 스원슨을 연기하고 있어.'

잔느가 지금 무슨 말을 하고 있는 거지? '선셋 대로'에 나오는 늙은 여배우는 자신의 이름으로 스스로에게 꽃을 보낸다. 외로웠기 때문에, 그리고 주위의 사람들에게 아직 자신이 잊혀지지 않은 존재라는 것을 보여 주기 위해서. 하지만 나는 그런 짓을 벌일 필요가 없다. 어째서 내가 미쳐 가는 늙은 여배우를 연기하지 않으면 안된다는 것인가?

잔느는 에이즈 환자 특유의 반짝거리는 눈으로 나를 관찰하고 있다. 카리야 씨가 난꽃을 보내지 않을 가능성에 대해, 내가 미쳐 날뛸 정도로 두려워하고 있다는 것을 눈치챈 것일까? 발광할 만큼 두려운 일이 생기면, 태어난 지 여섯 달부터 '연기'로 저항해 왔던 사실을 잔느가 어떻게 알고 있는 거지? 아직 눈도 잘 보이지 않던 태아기 때 콜타르(Coaltar)처럼 끈적거리는 바다가 두려워 땅 위의 존재가 되려고 노력했었다. 아기이면서도 나는 자신을 지키기 위해 우주를 향해 거짓 미소를 지었다. 지금이 바로 그래야 할 순간일지도 모른다.

"차이나타운."

나는 가이드에게 대답했다.

가까스로 카리야 씨를 만날 수 있을지도 모른다. 그는 허름한 작업복 차림으로 두리안이라는 과일을 등이 휘게 나르고 있을 것이다. 설사 차이나타운에서 그를 볼 수 없다고 해도 나는 미치지 않을 것이다. 두려워하지도 않을 것이다. 섬에서 고기를 잡고 있을지도 모르고, 전쟁 때 죽은 동료들을 위해 성당 개축 공사장에서 땀을 흘리고 있을지도 모르기 때문에. 망고나 망고스틴이 아니라 굳이 두리안이라는 과일 이름을 선택하다니, 과연 카리야 씨답다고 생각했다. 변두리의 과일가게 딸이 아닌 이상, 내가 과일에 대해 많이 알아야 할 이유는 없다. 망고, 망고스틴, 두리안 따위의 과일들은 본 적도 없다. 하지만 두리안이라는 이름이 제일 로맨틱하게 들린다.

하지만 두리안을 파는 가게에 그는 보이지 않았고 가이드와 그 과일을 먹었다.

"냄새가 대단하죠? 브라질에는 부인을 포주에게 팔아가면서까지 이것을 먹는다는 얘기가 있을 정도입니다. 일본 백화점에서는 한 개에 만 엔 정도 한다고 하는데, 여기서는 2백 엔이면 먹을 수 있습니다. '과일의 왕'이라고도 부르지요."

나는 정말로 글로리아 스완슨을 연기해야만 할까?

"왕이요?"

"예, 그래요. '과일의 왕자'는 망고스틴이라는 과일입니다. 망고스틴이 이것보다는 먹기 편하지요."

내가 꼭 그 늙은 여배우 역할을 맡아야만 한다면 완벽하게 해보이겠어.

"저어, 누굴 찾고 계십니까?"

순간, 나는 이 가이드가 내 안의 세계에서 파견 나온 사람이 아닐까라는 착각이 들었다. 망고스틴 이야기부터 나의 고백을 이끌어 낼 때까지 걸린 시간은 약 1.4초, 이것은 10컷에 한 번 정도 나올까 말까 한 절묘한 타이밍이었다.

"아기가 웃는 것을 본 적이 있으세요?"

이왕 이렇게 된 거 털어놓아 버리지, 뭐. 나 자신조차 잘 알지 못하는 것도 죄다 고백하는 거야.

고백이란 본래 그런 것이니까.

"아기들은요……, 눈으로 보는 데는 서툴지만 웃을 줄은 안답니다. 알고 있어요?"

"아, 그렇습니까?"

가이드는 어수룩한 말투로 내 말을 받아넘겼고, 나는 글로리아 스완슨의 표정을 지은 채 카리야 씨와의 추억을 모조리 털어놓았다. 진실이지만 거짓이기도 한 것, 그것이 고백이다.

전 말이죠, 그 사람 앞에서만 아기처럼 웃을 수 있었어요.

진실과 거짓.

그 사람은……, 카메라맨으로 성공한 유부남이었어

요. 하지만 전쟁터에서 무언가를 잃어버리고 말았죠. 그
무언가를 찾기 위해 이곳에 왔어요. 부디 이해해 주길
바래요. 그를 구해 줄 사람은 오직 저뿐이에요.

또 진실과 거짓.

'그 사람'은 거짓말, '유부남'은 진실, '성공한 카메라
맨'은 거짓말, '이해해 주세요'도 거짓말, '구해 줄 수
있다'는 것은 진실, '오직 저뿐'이라는 것은 거짓말, 아
니, '그 사람'은 거짓말, '유부남'도 거짓말, '카메라맨'
은 진실, '이해'도 진실, '구해 주는 것'은 거짓말, '오
직'은 진실, '저'는 거짓말, '뿐'은 진실…….

가이드는 섬으로 나를 안내해 주었다. 이름이 뭐랬더
라. 아, 그래, 푸라우세킨 섬.

내 귓속의 쓸쓸한 리조트를 순도 95%의 코카인이라고
한다면 푸라우세킨 섬은 콘택600 감기약처럼 시시한 곳
이었다. 나는 염소와 고양이, 닭들 사이에서 강한 체취
를 풍기며 빨래를 두드리고 있는 여자를 보며 한동안 생
각에 잠겼다. 그가 만약 이런 곳에서 고기를 잡고 차이
나타운에서 두리안을 나르면서 베트콩의 시체를 떠올릴
수 있다면, 배합사료로 기른 돼지가 니진스키보다 멋진
춤을 추는 일도 가능할 것이다.

그렇다고 해도 내가 글로리아 스원슨을 그만 둘 이유는 없다. 여기까지 왔기 때문이 아니라 내 머리가 지나치게 영리하기 때문이다.

섬의 공동묘지, 장면 30번, 컷 투, 테이크 원.

"여기가…… 무덤인가요?"

그 남자가 찍은 사진의 주인공이 되기 위해 나는 악마에게 처녀성을 바치는 순수한 영혼이 된다.

"이곳에는 일본 사람이 살고 있지 않습니다. 그러니 죽었을 리도 없지요."

어쩌면 이 가이드는 천재일지도 모른다. 본래 일급 수준의 가이드들은 연기에 천재적인 소질을 가지고 있기 마련이다.

"차라리 죽는 편이 마음 편했을 텐데."

사랑하는 여자는 모두 이렇게 생각한다. 사랑이란 왜 이렇게도 괴로운 것일까. 그 사람이 이 세상에서 사라진다는 것이 어떤 기분인지 확실히 실감할 수는 없지만, 볼리비아 민요같이 구슬픈 연기는 나를 즐겁게 했다.

아주 잠깐 동안이었지만 배를 타고 떠나는 여행으로 몸과 마음이 로맨틱해진 느낌이다.

래플스 호텔에 도착해 보니 카리야 씨가 보내 온 멋진

선물이 나를 기다리고 있었다. 나는 수백만 송이의 난꽃을 가이드 청년에게 자랑하고 싶어 견딜 수가 없었다.

"봐요, 어딘가에 있을 거라고 했잖아요. 이렇게 많은 꽃을 보내 주다니."

나의 순수하게 즐거운 마음이 가이드에게도 전해질까.

"그분이 보내신 건가요?"

가이드는 덤덤하게 물었다. 마약 LSD를 배울 때에도 가이드는 필요한 법이다. 안내인이란, 안내받는 사람보다 많은 정보를 가지고 있지 않으면 안 된다.

천장에 걸린 선풍기가 나를 보고 있다. 로버트 케네디도, 에바 가드너도, 나처럼 선풍기와 눈빛을 나누었겠지. 움직이는 것은 모두 살아 있다. 스포츠카나 모빌, 하물며 신축중인 고층 빌딩까지도.

"아무도 없는 이 방에 들어올 때나, 한밤중에 눈을 떴을 때 저게 계속 돌아가고 있는 거예요. 마치 살아 있는 것처럼. 보세요, 내게 말을 거는 것 같지 않아요?"

연기하고 있는 동안 나는 그들과 대화를 나눈다.

내게는 친구가 없다.

유이키 이야기

"성당?"

나도 모르게 목소리가 커졌다. 약속 시간보다 40분 늦게 팜코트에 도착하니 여배우는 이미 밖으로 나간 뒤였다.

"제 손님이 혹시 어디로 갔는지 모르십니까?"

프런트의 미스터 덩컨은 보이를 가리키며 대답했다.

"오래된 성당이 어디냐고 묻더라는군. 하지만 어느 성당인지는 모르는데."

싱가포르 주변의 성당은 백 개가 넘는다.

가이드가 약속시간에 늦은 데 대해서는 할 말이 없지만 사장과의 대화가 의외로 길어졌기 때문에 나로서도 어쩔 수가 없었다. 40대의 중국계 싱가포르인인 사장은 최상류층 고객들만을 위한 관광 서비스 회사를 차릴 만큼 두뇌회전이 빠른 사람이었지만, 꽃값 5만 달러에는 질린 모양이다.

"그 여자의 아메리칸 익스프레스 카드를 조사해 보니 정상이었고, 다이너스 카드도 사용 가능한 것으로 되어 있더군. 수상한 일을 벌일 사람은 아니라는 건 알지만 가능하면 오늘 안으로 꽃값을 청구하든지, 아니면 서비스 계약을 취소하는 편이 나을 것 같아."

나는 크루저로 말레이시아까지 다녀오는데 10만 달러나 썼던 고객의 사례를 들며 이번 기회에 회사의 스케일을 알리자고 사장을 설득했다.

"다케오, 네 뜻은 잘 알겠어. 하지만 크루저 여행에 10만 달러를 썼던 사람은 피아트 자동차 회사 사장부부였어. 이번 손님과는 신용도가 전혀 다르지. 게다가 난꽃을 사는 데 5만 달러나 지출했다는 점이 어쩐지 꺼림칙해."

나는 어쩔 수 없이 사장에게 거짓말을 하고 말았다.

"그 여배우는 아직 어리지만 지금 일본에서 가장 인기 있는 배우입니다. 보통 여배우라는 여자들은 화려한 파티나 쇼핑을 즐기지만 그 여자는 그렇지 않아요. 뭐라고 할까, 사장님께서 좋아하시는 단어를 빌리자면 문학적인 소양이 있는 여자예요. 그녀는 연인을 구하기 위해 싱가포르에 왔답니다. 연인은 본래 종군기자였다가 지금은 피치 못할 사정이 생겨 싱가포르에 몸을 숨기고 있는데 어디까지나 범죄와는 전혀 상관없는, 매우 개인적인 문제 때문입니다. 상을 받은 그의 사진이 친구의 카메라 안에 들어 있던 필름이었다고 의심을 받고 있는 것 같습니다. 그 여배우는 그런 연인을 정신적, 경제적으로 돕기 위해 싱가포르에 왔고, 자신이 이곳에 와 있다는 것을 그에게 알리고 싶어서 5만 달러어치 난꽃을 사서 일주일 동안 래플스 호텔에 묵기로 한 것입니다. 그 호텔에 묵고 있으면 곧 소문이 퍼져 그를 찾을 수 있으리라 생각한 것 같습니다. 싱가포르는 좁은 곳이니까요."

성당.
아무리 생각해도 잘 만들어진 이야기이다. 두리안을 나르는 인부, 또는 작은 섬의 어부, 그리고 오래 된 성당의 수리공……. 상대가 이런 일을 하고 싶다고 말하면 일본 여자들은 의외로 쉽게 넘어갈 여지가 많다. 일본에서는 수험공부와 사법시험이 아니면 경쟁이 안 된다고 생각하기 때문에 '너와 헤어져 출세하고 싶다'고 말해봤자 별 도움이 안 된다. 그보다 '나는 내 자신이 싫어졌다. 너와 헤어져 잠시 인생의 밑바닥 생활을 경험하고 싶다'고 말하면 일본 여자들은 순순히 그 뜻에 따른다. 여자뿐만 아니라, 대다수의 일본인들은 자의로 험하고 거친 인생을 택하는 것을 대단한 용기로 생각한다. 출세하는 편이 훨씬 더 어려운데도 말이다. 일본 이외의 다른 나라, 미개한 식인 부족조차도 그 정도는 알고 있다.

예전에 마토에게 일본의 센티멘털리즘에 대해 설명했는데, 그녀는 몸을 비틀며 낄낄거림으로 답변했다. 그 여배우는 진심으로 그런 엉터리 같은 이야기를 믿고 있는 것일까. 설마 복잡한 게임에 나를 끌어들이고 있는 건 아니겠지. 만약 그렇다면 나는 세상 끝까지라도 쫓아가 기필코 꽃값을 받아내고 말리라.

어쨌든 성당을 찾아야 한다. 어느 곳일까, 여배우는 오래 된 성당이라고 했다. 보수공사가 필요한 낡은 성당이란 의미로 말한 것이겠지만, 그녀의 영어실력으로 볼 때 'Old'라고밖에는 표현할 수 없었을 것이다. 'Almost Broken'이라든가, 'Which Need Renovation' 등의 복잡한 단어는 떠올릴 수조차 없었겠지.

택시 운전사에게 'Old Church'라고 말했다면, 운전기사는 틀림없이 보수공사가 필요한 성당이 아닌, 오래 된 역사를 지닌 성당으로 안내했을 것이다.

싱가포르에는 유서 깊은 성당이 세 군데 정도가 있다. 택시 운전사는 여배우의 실크 원피스와 기품 있는 몸가짐을 보고 미사에 참석하려는 것으로 짐작했을 것이다. '모든 명성과 재산을 버리고 싱가포르로 건너와 성당 보수공사의 인부로 일하고 있는 연인을 찾고 있다'는 그녀의 의중을 눈치챌 만한 기사는 아무도 없을 테니 당연히 여배우를 싱가포르에서 가장 아름답고 고풍스러운 성당으로 안내했을 것이다.

멀리서 미사곡이 들려오자 왠지 안 좋은 예감이 들었다. 불길한 예감이란 어떻게 인간의 뇌 속에서 발생하는 것일까? 암세포처럼 물질대사의 이상으로 생기는 것일까, 아니면 뇌졸중과 같이 혈관파열로 인해 갑작스런 증상을 보이는 것일까.

인류에게 있어 그것이 좋건 나쁘건 간에, 불길한 예감은 대부분 80%는 적중하기 마련이다.

여배우는 예전에 '아기들은 보는 덴 서툴지만 웃을 줄은 안다'고 말한 적이 있다. 예감의 경우는 어떨까, 아무것도 모르는 아기도 불길한 예감에 사로잡힐 수 있을까?

여배우는 마치 이 세상의 모든 고뇌를 짊어진 듯한 모습으로 세인트 토마스 성당 안에 서 있었다. 신부에게 사진을 보여 주고 있다. 사랑하는 그 카메라맨의 사진이겠지. 내게는 보여 주지 않았지만 굳이 보고 싶은 마음도 없다. 어떤 남자일까? 언젠가 잡지에서 순직(殉職)한 유명 카메라맨의 사진을 본 적이 있는데, 깡마른 체구에 어디서나 흔히 마주칠 수 있는 평범한 외모의 소유자였다.

여기서 기다려야 할지, 아니면 안에 들어가 보는 게 좋을지 갈등하고 있을 때, 갑자기 여배우의 신경질적인 목소리가 들려왔다.

"여기 있지요?"

그 목소리는 성당 전체가 울릴 만큼 크지도, 신경을 자극할 만큼 날카롭지도 않았지만 성가대가 한순간 노래를 멈출 정도로 위력적이었다. 신부의 온후한 표정으로 보아 그녀가 화를 낸 이유가 신부에게 있다고는 생각할 수 없었다. 사진을 보고 그저 '이 사람은 이곳에 없습니다'라고 답했을 것이다.

여배우는 왜 그렇게 화를 낸 것일까? 정신적으로 불안한 상태라는 것은 확실하지만, 처음 본 사람들 앞에서 이성을 잃을 만큼 나약한 여자는 아니다. 나는 상처 입은 어린양을 지키는 목자처럼 멋지게 성당 안으로 뛰어들어가 그녀의 어깨를 감싸안았다. 내 손이 그녀의 어깨에 닿는 순간, 지원군을 얻은 양 여배우의 목소리가 한

층 더 높아졌다.

"왜 가르쳐 주지 않는 거죠?"

있을 리가 없다. 여기는 싱가포르에서 가장 전통 있는 성당으로, 앞으로 100년이 지나도 보수 공사 따위는 필요 없다. 내가 알기로는 일본인 신자도 없다. 나는 그녀의 어깨에 팔을 두른 채 출구로 향했다. 여배우의 몸은 놀라울 만큼 부드러웠다.

'그 사람은 꽃까지 보내 주었다고요!'

마지막 순간까지 성당을 향해 그렇게 외치는 듯했다. 다른 사람들은 아무도 듣지 못했지만……

그 후 여배우는 한마디도 하지 않았다. 어디로 모실까요? 배가 고프지는 않으세요? 호텔로 돌아갈까요? 다른 성당에 들러 볼까요? 아무 대꾸도 없었다.

보통 이런 경우에는 공원이나 바닷가에 가는 것이 가장 최상이겠지만 백미러에 비친 여배우의 얼굴을 보니 어떤 장소에 데려다 놓아도 마음을 풀지 못할 것 같은 태세였다.

3류 여행사의 에이전트 시절, 직원 연수로 미국 서해안과 유럽에 다녀올 기회가 있었다. 당시 싱가포르 이외에 내가 알고 있는 곳이라곤 샌프란시스코나 파리, 런던, 제네바 정도였지만 그런 대도시는 물론이고 그림엽

서나 영화에서 본 그 어떤 이국적인 풍경도 여배우에게
는 어울리지 않았다. 사막이나 항구, 고대 유적지, 도시
의 뒷골목도 낯설게 다가올 뿐이다.

싱가포르의 거리를 이리저리 달렸다. 예전에 형의 아
이를 맡아 어찌할 바를 모르고 허둥대다가 가와사키와
요코하마를 헤매고 다닌 적이 있었는데 이날도 그때와
마찬가지였다. 운전하는 사람의 초조함과 상관없이 여
배우는 초원을 가로지르는 산들바람처럼 낮은 숨소리를
내며 잠들어 있었다.

자동차의 기름이 바닥날 저녁 무렵이 다 되어서야 그
녀는 눈을 떴다. 지난밤 잠을 이루지 못했는지 거의 세
시간 동안이나 곯아떨어져 있었다. 잠을 자면서도 몇 번
이나 신음소리를 내며 눈물을 흘렸다. 자면서 우는 사람
을 본 것도 그녀가 처음이었다.

정말로 이 세상은 사람들이 원하고 생각하는 대로 돌
아가는 곳이 아닌 것 같다. 여배우가 티핀 룸이 내려다
보이는 테라스에서 쉬고 싶다고 말했을 때, 그녀는 진심
으로 조용한 자신만의 시간을 바랐을 것이다. 여느 때
그곳은 래플스 호텔에서 가장 조용한 곳이다. 난꽃 일에
신경이 쓰여 깜빡 잊고 있었는데, 그러고 보니 오늘부터
크리스마스 주였다. 평소에는 손님 두세 명 정도가 꽉꽉

하게 구워진 로스트비프를 먹는 정도로 한산했던 티핀 룸이 어느새 시끌벅적한 댄스 파티장으로 변해 있었다. 여배우는 라틴 리듬에 맞춰 몸을 흔들어대는 다양한 피부색의 사람들을 30분 가까이 잠자코 바라보고 있었다. 그녀는 무슨 생각을 하고 있을까.

'저어, 실례합니다만 어제 난꽃 때문에…… 여기 청구서입니다. 당신의 사인이 맞죠? 보시면 아시겠지만 꽃을 보낸 사람이 당신으로 되어 있습니다. 제가 속한 회사에서 대신 꽃값을 치러드렸지만 지금 지불을 부탁드립니다. 물론 크레디트 카드도 괜찮습니다. 금액이 적혀 있는 카드 용지에 사인만 해주시면 됩니다. 금액이 상당하니까 카드 회사에 문의해 보시는 것도 좋겠지요…….'

나는 이런 식으로 일을 수습할 생각이었다.

적어도 '이만 전 돌아가도 되겠습니까? 내일은 몇 시쯤 오면 될지 알려 주십시오' 정도는 말할 수 있었겠지만, 새하얀 볼을 타고 내려오는 눈물을 보니 차마 그럴 용기가 생기지 않았다. 마스카라가 번진 채 우두커니 앉아 있는 그녀는 누구도 깰 수 없는 묘한 분위기에 휩싸여 있었다.

마토였다면 어떻게 말했을까? 그녀는 댄서인 동시에 심리학자이기도 하다. 몸과 마음의 건강을 유지하기 위해서는 충분한 돈과 어느 정도 심리학적인 지식이 필요하다고 깨달았기 때문이다. 마토의 말을 빌자면 지금의 상황은 이렇게 설명할 수 있다. '나는 그 여배우에게 비즈니스맨처럼 사무적으로 대하지 않는 나 자신을 좋아하게 되었고, 그 기분을 계속 느끼고 싶어 말 한마디에도 신경을 쓴다는 것'이다.

여배우는 테라스를 떠나 튜더 양식의 기둥이 늘어서 있는 어두운 복도를 걷기 시작했다. 그리고는 뒤를 따르는 나를 향해 고개를 돌렸다. 천재적인 여배우가 세상을 향해 분노의 주문을 건다, 그것은 어쩔 수 없는 일이다. 신이여, 용서해 주십시오. 나는 마음속으로 간절하게 빌었지만 예상은 완전히 빗나가고 말았다.

"샴페인이라도 한잔할까요?"

여배우의 낮은 목소리가 사방으로 울려퍼졌다. '무슨 일 있어요? 왜 그렇게 어두운 표정을 짓는 거죠? 기운을 내세요.' 그녀의 눈은 그렇게 말하고 있었다.

샴페인이라고? 신도 두려워하지 않을 것 같던 지금까지의 침묵은 무엇 때문이었지? 꽃값 때문에 내가 얼마나 곤혹스러워하고 있는지 알기나 하는지. 물론 그런 말은 할 수 없었다. 말을 걸어 준 주인님에게 굽실대는 충직한 집사처럼 나는 상기된 얼굴로 대답했다.

"아, 좋습니다. 아래로 내려가도록 하지요. 제가 주문하겠습니다."

다케오, 정신 차려. 지금 넌 애완견처럼 꼬리를 흔들고 있어.

"샴페인은 뵈브 클리코 그랑 담으로 부탁해요."

예? 뭐라고요?

"뵈브……."

"뵈브 클리코 그랑 담이 없다면 그냥 평범한 것이라도 상관없어요."

"뵈브 클리코라고 하셨지요?"

"그래요."

'몇 번씩이나 말하게 하지 말고 한 번에 외워 봐요.'

여배우는 내가 예상도 못한 날카로운 발톱으로 잔뜩 무장하고 있다. 순간 나는 처음으로 그녀에게 쫓기고 있는 카메라맨을 동정했다.

"내가?"

"그래, 부탁 좀 할게."

"네가 다른 여자와, 그것도 일본에서 온 유명한 여배우와 함께 샴페인을 마시는 곳에 왜 나더러 나와 달라는 거야?"

여배우를 테이블로 안내하고 샴페인을 주문한 뒤 화장실에 다녀오겠다는 핑계로 자리에서 일어나 마토에게 전화를 걸었다. 오늘밤 여배우를 혼자 감당하기란 아무래도 버거울 것 같다.

"나 혼자서는 무리야."

"그 여자가 테이블 세팅을 엉망으로 만들고, 모르는 아이들의 볼을 잡아당기기라도 한다는 거야?"

"만나고 싶다고 한 건 너였잖아, 그만 좀 놀려."

"다케오, 너 조금 수상해."

"여배우와 잠시라도 함께 있어 보면 나를 이해하게 될 거야."

"솔직하게 말해 봐."

"뭘?"

"그 여자가 무서워?"

"농담하지 마. 여배우를 긴장시켜 줘. 언젠가 대사관 파티 때 입었던 검은 드레스 있지? 그걸 입어. 그리고 어머니에게 받았다던 다이아몬드가 박힌 은목걸이를 하고 머리도 올리는 게 좋겠어."

"바주카포나 최루탄은 필요 없어?"

"안심해. 다리는 네가 더 길어."

"난 뭘 하면 되는 거야?"

"내 옆에 있어 주기만 하면 돼. 그 여배우가 웃고 떠드는 걸 보기만 하면 되는 거라고."

뵈브 클리코가 테이블로 전달되었을 때, 밴드는 탱고를 연주하기 시작했다. '질투'라는 곡.

나는 여배우의 표정이 무엇을 의미하는지 이제 조금씩 알 수 있었다. 웨이터가 샴페인 병을 내밀자 그녀는 아무 말 없이 고개를 끄덕이면서 약간 부끄러워했다. 그 얼굴은 '구하기 힘든 샴페인을 주문해서 미안해요'라는 의미를 담고 있는 게 보통이지만, 여배우의 경우는 달랐다. 멸시의 표현이다. 언제까지 내가 마실 샴페인을 일부러 주문해야 한담, 싱가포르 레스토랑의 웨이터는 너무 가난해서 부끄러움을 모르니 내가 대신 얼굴을 붉힐 수밖에 없겠군요…….

음악은 어느새 이 세상에서 가장 센티멘털한 탱고, '질투'의 클라이맥스로 향했고 래플스 호텔의 손님들은 모두 일어나 춤을 추고 있다.

"좋아하는 사람과 이 샴페인을 마셨어요."

여배우는 그윽한 목소리로 말했다. 마토, 빨리 와줘. 나 이제 곧 신경이 마비되고 말 거야.

"맛있지요?"

대답에 상관없이 여배우는 틀림없이 수줍은 듯 내게 몸을 기댈 것이다.

"조금 독하군요."

내 대답에 그녀는 만족스러운 표정으로 고개를 끄덕였다. 인간은 누구나 본능적으로 좋아하는 일을 추구하기 마련이지만 그 정의는 내 눈앞에 혼마 모에코가 있는 한 절대 성립하지 않는다.

"반짝거리는 건 모두 다 아름답지요."

이것은 또 무슨 말일까? 이젠 대답할 힘도 없다. 당장이라도 자리에서 일어나 주변에 도움을 요청하고 싶은 심정이다. 바로 그때, 검은 드레스로 무장한 마토가 나타났다.

어라?

나는 놀라는 척했다. 여배우는 나의 어수룩한 연기를 눈치챘을까? 탄로났다고 해도 이제 와서 어쩔 수 없는 노릇이다.

아, 저, 저의……. 당황한 척하자 마토는 일본어로 '애인'이라고 자신을 소개했다. 댄서와 여배우의 대결이 시작된 것이다.

어느 쪽이 이길진 아무도 장담할 수 없지만, 여배우는 틀림없이 허를 찔린 것이다. 그러나 예의바른 여배우의 이미지를 보여 주겠다는 듯이 '앉으세요'라고 상냥하게 의자를 권했다. 나는 벌떡 일어나 마토에게 의자를 내주었다.

"배우시라고요."

마토는 여배우의 눈을 똑바로 쳐다보았다.

"예전엔 그랬죠."

여배우는 불리한 싸움에 말려들고 있다. 방금 전까지 간절히 도움을 바랐으면서도, 나는 왠지 여배우에게 못할짓을 시키고 있는 죄책감 비슷한 기분이 들었다.

"아름다우시네요."

마토는 여배우보다 네 살이나 어리지만 뉴욕에서 혼자 생활한 덕에 제법 대담한 면이 있었다. 절대 기울지는 않을 것이다.

"고맙습니다."

그러나 여배우 역시 이런 대결에서 순순히 물러설 여자는 아니었다.

목구멍이 타오르는 듯한 침묵이 한동안 이어졌다. 짓눌린 분위기를 바꾼 것은 역시 마토였다.

"춤추지 않을래요?"

그 말에는 댄서로서의 우위를 나타내려는 유치한 의도가 아닌, 아름다운 여자끼리 춤을 춰서 플로어의 손님들을 어리둥절하게 만들어 주자는 뉘앙스가 담겨 있었다.
과연 여배우의 자존심을 건드리는 탁월한 방법이 아닐
수 없다. 여배우는 어깨를 움츠리며 수줍은 듯 고개를
가로저었다. 하지만 나에게는 그 모습이 플로어에서 춤
을 추고 있는 '가난한 싱가포르 노인들'을 향한 경멸의
표현으로 보였다.

"그러지 말고 나가요, 우리."

마토는 자리에서 일어났다. 댄서밖에는 취할 수 없는
당당한 포즈였다.

"여자끼리?"

여배우의 얼굴에 희색이 번졌다.

두 사람이 손을 잡고 플로어로 나가자 모두 공간을 열
어 주었다. 플로어에 있던 손님 중에서, 래플스 호텔 전
체 투숙객 중에서 아니, 싱가포르 전체를 통틀어 가장
우아한 커플이었다.

황홀했다.

나는 두 여자의 탱고를 평생 잊을 수 없을 것이다.

여배우가 어디론가 사라져 버린 것은 뵈브 클리코를
세 병 정도 비운 다음, 나와 마토가 슬로우 댄스를 추고
있을 때였다.

"어디 간 거지?"

"방에는 없는 것 같아. 곯아떨어졌을지도 몰라서 프런트에 물어 봤더니 열쇠가 맡겨져 있다는군."

우리는 여배우가 사라진 테이블에서 커피를 마시면서 이야기를 나누었다. 여배우가 마시던 샴페인 잔은 이미 치워진 후였다. 티핀 룸 어디에도 그녀의 흔적은 남아 있지 않았다. 인간은 누군가가 갑자기 모습을 감추게 되면 처음부터 존재가 없었던 것은 아닐까, 하는 착각에 빠지곤 한다. 여배우의 경우에는 특히나 현실감이 적었으므로 은근히 걱정이 됐다.

"어떻게 하지?"

"일단 기다려 봐야겠어."

"그래, 그럼."

마토는 선선히 대답했다. 실제로 여배우를 만나보니 이제야 내 기분을 이해할 수 있다는 투였다.

"대단한 여자야."

"뭐가?"

"보통 사람 같으면 그렇게 긴장한 상태로는 얼마 못 살고 피곤해서 죽어 버리고 말 거야."

여배우는 새벽 3시경에 돌아왔다. 휴가기간이라 택시 잡기도 어려울 텐데……. 나의 이런 걱정은 기우에 불과했다. 여배우는 새벽에 휴고 보스의 실크 슈트를 입은 중년남자와 함께 벤츠 300E를 타고 나타났다.

"아무 일도 아니에요."

로비에서 기다리고 있던 내 앞을 지나치면서 여배우는 그렇게 말했다.

그녀의 뒤를 따라가려 하자, 남자는 내 앞을 가로막았다.

"당신은?"

"관광 서비스 회사 직원, 유이키라고 합니다."

"음, 그래요."

말끔하게 차려입고 케네디스 룸으로 향하는 남자의 뒷모습을 보면서 나는 동정심을 지울 수 없었다. 싱가포르는 사람을 들뜨게 만드는 화려함을 지니고는 있지만 여자를 유혹하는 데는 역시 통속적인 방법보다 우아한 거짓이 나을지 모른다.

여배우에게 또 다른 보호자가 나타났으므로 이제는 마음이 놓인다. 게다가 잘 되면 저 남자가 꽃값을 지불해 줄지도 모른다. 이름을 묻지는 않았지만 차번호 정도는 이미 외워 두었으니까.

모에코 이야기

30분이 지나도록 가이드의 모습이 보이지 않자 나는 불안해지는 자신을 타일렀다. 이성이 마비될 정도의 불안감이 덮쳐올 때는 만화에서 읽었던 닌자(忍者)들의 훈련법을 떠올리는 것이 상책이다.

닌자는 높이 뛰어오르기 위해 하루에 몇 밀리미터씩 자라는 나무를 이용했다고 한다. 도약하는 힘이 붙으면서 나무도 함께 자라나고 닌자는 옆에서 강제로 훈련시키는 사람 없이도 자신의 능력을 최대한 늘려갈 수 있는 것이다. 하지만 언젠가는 체력의 한계에 부딪치든지 식물이 성장을 멈추든지 결론이 나기 마련이다.

불안해지면 나는 불안감을 인정한 스스로를 타이른다. 그래도 불안감이 사라지지 않으면 물론 대부분의 경우가 그렇지만, 그 원인이나 원인을 제공한 환경에 대해 논리적인 생각으로 자연스럽게 해소시키지 않는다. 대신 그보다 훨씬 강한 불안감을 찾아 서로 맞서게 한다. 연기자의 운명을 타고난 사람에게 있어 불안이란 매우 중요한 요소이기 때문에, 나는 자연스런 해소 방법을 핑계삼아 문제로부터 도망쳐선 안 된다는 소신을 가지고 있다.

나를 괴롭히는 불안감과 내가 만들어 낸 대상이 서로 경쟁하듯 힘을 겨룬다. 마치 닌자와 나무의 관계처럼……. 그러나 걱정할 것은 없다. 한계에 부딪히면 어린아이같이 큰 소리로 울부짖으면 그만이다. 그 외침은 주위를 깜짝 놀라게 할 것이다.

가이드는 40분이나 늦는다. 사람을 기다리는 것은 정말 질색이다. 시간이 흐르고 나면 내가 누구를 기다리고 있는지, 무엇 때문에 기다리고 있는지 까맣게 잊어버리고 만다. 가이드 청년의 단정한 얼굴이 공상과학 영화속의 특수 분장처럼 녹아 흘러내리기 시작하자, 요괴로 변해 가는 호텔 사람들로 가득 찬 팜코트를 나는 서둘러 빠져나왔다.

택시 운전사가 처음 안내해 준 곳은 세인트 뭐라는 성당이었다. 신부인지 주교인지 알 수 없는 검은 옷을 입은 남자는 카리야 씨의 사진을 보고 고개를 가로저었다. 게다가 그 성당은 흰 대리석으로 지어져 있어 앞으로 100년간은 끄떡없어 보였다.

성당 옆 작은 묘지에서는 소년들이 나무막대기로 땅을 파고 있었다. 묘지를 파기엔 너무 어린데다 쥐고 있는 연장도 허술했다. 좁은 어깨, 빈약한 등, 어른이 되어도 그리 우람해질 것 같지 않은 그들에게 무얼 하고 있냐고 물으니, 죽은 금붕어를 묻어 주고 있다고 했다.

두 번째로 찾아간 성당은 시내에서 제법 떨어진 교외에 자리잡고 있었는데, 요코하마의 외인 묘지보다 몇 배나 더 많은 비석이 세워져 있었다. 죽은 자는 수없이 많았지만 카리야 씨는 이곳 어디에도 보이지 않는다. 나는 10분 정도 묘지를 산책하며 영혼들과 대화를 나누었다. 쓸쓸한 내 리조트에도 공동 묘지가 있다. 잔느는 이미 그곳에 가 있겠지만, 무신론자임을 감안하면 내가 모르는 다른 묘지에 잠들어 있을지도 모른다.

세인트 뭐라는 성당은 보는 것만으로도 기분이 나빠지는 곳이었다. 신자들이 돌아간 뒤 성가대가 제단에 도열해 찬송가를 연습하고 있었는데, 흰 피부에 한쪽 눈이 의안(義眼)인 신부가 그들을 지도하고 있었다.

내 몸에 깔려 있는 신경이 미쳐 날뛰기 시작했다. 마치

감전된 것 같다. 디지털 스위치로 모든 신호를 감지하고 통제하려 했지만 희망의 상징인 베트콩의 시체가 이 성당 안에서는 한결 청결하게, 그것도 황야나 사막 같은 느낌이 아니라 소독약으로 생채기를 훔친 듯 찌릿한 아픔으로만 느껴졌다. 카리야 씨, 당신은 지금 어디에 있나요? 당신이 내게 보여준 베트콩의 성스러운 시체가 이곳 사람들에게는 단순한 고깃덩어리에 지나지 않는군요. 당신은 공사장에서 일할 것이라고 말했지만 그것은 거짓이었어요. TV영화에 나오는 스파이처럼 인부로 가장하고 성당 내부에 숨어들어 이곳을 파괴할 계획이었죠? 그 일이 아무리 중요한 임무라고 해도 호모 같은 신부녀석이 하얀 실크 원피스 위로 봉긋 솟아오른 나의 가슴을 계속 흘끗거리도록 놓아두지는 말아 줘요.

"여기 있지요?"

싱가포르에 온 이후 처음으로 나는 한계를 느꼈다. 내 목소리는 아무도 흉내낼 수 없는 떨림을 토해냈고, 덕분에 끔찍스러운 성가대의 노랫소리는 더 이상 들려오지 않았다. 그것은 예배당의 공기를 뚫고 사람들의 고막이 아닌, 신경으로 직접 전해지는 최고의 목소리였다.

"왜 가르쳐 주지 않는 거죠?"

누군가 나를 밖으로 끌어냈고 나는 힘없이 그 힘에 이

끌리고 만다. 이미 몸과 마음이 한계에 도달했지만 그렇다고 해서 장님이 된 것은 아니다. 감각도 그대로 살아 있다.

'그 사람은 꽃까지 보내 주었다고요!'

나를 성당에서 끌어낸 사람은 바로 가이드 청년이었다. 미사곡은 다시 시작되었고, 나는 패배를 인정해야만 했다. 통렬한 패배가 아닌, 마시멜로와 같이 끈적끈적한 미련을 남기는 패배였다. 카리야 씨의 얼굴과 쓸쓸한 리조트, 싱가포르의 중국인 거리. 수많은 이미지가 발효할 때 생기는 거품처럼 내 머릿속을 가득 채웠다 사라지며 텅 빈 공간을 남겨 놓았다.

가이드는 아무 말도 없었다. 나는 말이 없는 사람들을 위한 공간도 마련해 두었다. 10대 아이돌 스타의 카섹스에나 유용할 법한 리무진 내부는 가이드의 한숨과 석양빛으로 가득 차 있었다.

나는 한동안 잠들었던 모양이다. 꿈속에서 카리야 씨와 캄보디아에서 죽었다는 카리야 씨의 친구를 보았다. 나는 꿈을 꾸면서 오랫동안 잊고 지냈던 그 죽었다던 친구의 이름을 기억해 냈다. 데이빗. 내 친구는 케네디스룸 천장의 선풍기이니, 선풍기에게 그 이름을 붙여 주기로 하자. 데이빗.

가이드는 잠자코 내 뒤를 따라오고 있다. 호텔로 막 돌아온 참이다. 처음 만났을 무렵의 활기찬 카리야 씨였다면 '뭐야, 모에코. 네 꼴 좀 봐, 떠돌이개 같잖아' 라고 놀렸을 텐데……. 티핀 룸이라는 레스토랑은 임시 댄스홀로 변해 크리스마스 댄스 파티로 출렁대고 있었다. 싸구려 마가린이 프라이팬 위에서 녹고 있는 듯한 라틴 연주곡에 맞추어 몸을 흔들어대는 사람들……. 하지만 내게는 이런 분위기에 묘한 안도감을 느끼고 있는 스스로를 책망할 기력도 없다.

가이드는 정말 영리한 사람이다. 지금 내게 말을 걸면, 이를테면 '컨디션은 나아지셨습니까?' 따위의 인사말을 건넨다면 나는 그 한마디를 꼬투리 잡아 지옥의 불길 같은 폭언을 쏟아부을 생각이었다.

"샴페인이라도 한잔할까요?"

취하고 싶다.

"아, 좋습니다. 아래로 내려가도록 하지요. 제가 주문하겠습니다."

가이드의 눈매는 제법 멋지다.

"샴페인은 뵈브 클리코 그랑 담으로 부탁해요."

그 눈을 향해 나는 유혹적인 시선을 보냈다.

"뵈브……"

그래, 하지만 뵈브 클리코는 지금 루이 뷔통에게 매수되어 가장 맛좋은 '그랑 담'보다 한 단계 낮은 '본 사르당' 판매에 열을 올리고 있지. 카리야 씨의 말이다. 그 사람은 샴페인 같은 것은 이미 통달하고 있을 뿐더러 '돈 페리뇽'을 최고로 치는 일본에서 뵈브 클리코를 아는 이를 찾기란 너무 힘들다고도 말했었다……. 그만 두자, 지금 나에게는 그에게 던질 폭탄도, 내 독백을 들어줄 관객도 없다.

"뵈브 클리코 그랑 담이 없다면 그냥 평범한 것이라도 상관없어요."

"뵈브 클리코라고 하셨지요?"

"그래요."

가이드는 나의 제안에 쉽게 응했다.

무슨 파티라도 열리고 있나? 전세계에 퍼져 있던 온갖 쓰레기 같은 사람들이 모두 이곳에 모인 느낌이다. 서로에게 악취를 풍기고 있지만 그리 끔찍하거나 엽기적이지는 않다. 차라리 영혼까지 철저히 추악하다면 구원받을 여지라도 있을 텐데. 펠리니(이탈리아의 영화 감독, 순진한 여자를 창녀로 팔아 넘긴 절대적인 추악함으로 차라리 순수한 남자를 그린 영화 '길'을 찍었다 — 역주)가 그랬던 것처럼.

3일 전 사다놓은 맥도날드 햄버거 안에 낀 양상추와

같이 흐늘흐늘한 탱고 연주가 시작되었고 샴페인이 나왔다. 샴페인을 가져 온 남자는 베트콩의 사체에서 폐를 도려내어 사병들에게 나눠주었을 법한 정부군 장교의 얼굴을 하고 있었다.

"좋아하는 사람과 이 샴페인을 마셨어요."

더 이상 목이 긴 잔은 만들기 어려울 만큼 가느다란 샴페인 잔에 내 얼굴이 아른거리고 있다. 모든 것은 훈련의 성과이다. 진흙탕 속에 잠긴 것처럼 센티멘털해질 수 있는 이런 상황에서 나는 얇은 피부로 만든 가면을 쓰고 매혹적인 연기를 과시하기로 했다. 분위기에 휩쓸린 감상적인 단어는 오히려 역효과를 낼 뿐이다. 인류의 적, 센티멘털리즘에 대항하기 위해서는 역시나 인류의 적인 머리 나쁘고 못생긴 여자를 만날 때와 똑같은 방법을 사용해야 한다. 작위적인 웃음도 때론 유용한 법이다.

"맛있지요?"

대답이 무엇이든 간에 내 곁에 있는 유일한 타인인 이 가이드를 향한 집요한 질문 공세는 이미 시작됐다.

"조금 독하군요."

가이드는 여러 나라의 말을 자유롭게 구사한다. 외국어를 공부하면서 그는 틀림없이 다양한 표현을 연구했을 것이다. 어학과 연기는 일맥 상통하는 면이 있다.

"반짝거리는 건 모두 다 아름답지요."

조금 어려웠나, 반성하고 있는데 검은 드레스를 입은 여자가 플로어를 가로질러 이쪽으로 다가왔다. 머리카락이 탱고의 선율에 맞추어 찰랑거리고 있었다.

하이, 하고 가이드에게 인사를 건네고 나서 우리 테이블 앞에 선 미모의 여자. 가이드는 어리둥절한 표정을 짓고 있다.

"아, 저, 저의……."

더듬는 모습이 귀엽기도 하지. 싱가포르 여자들이 우아한 자태를 뽐내기 위해 즐겨 입는 검은 드레스의 여자는 프랑스식 발음의 일본어로 자신을 '애인'이라고 소개했다. 부유해 보이는 아가씨였다. 분명 가이드는 내가 술에 취해 홀쩍대는 모습을 보여주기 위해 그녀를 불렀겠지. 테이블 아래로 보이는 다리가 길고 늘씬했다. 부자인데다 댄서로군. 나는 상냥하게 의자를 권했다.

"배우시라고요."

부자에다 아름답고 춤까지 잘 추면서 왜 긴장하는 거지? 긴장을 풀도록 해요. 난 당신 같은 여자, 싫어하지 않아요.

"예전엔 그랬죠."

'Not Any More' 스스로도 놀랄 만큼 낯선 단어들이

저절로 튀어 나왔다.

"아름다우시네요."

제발 부탁인데, 편안하게 날 대해 줘요. 나는 괜찮아요. 그녀는 재능은 있지만 큰 무대에 서 본 경험이 없을지도 모른다. 긴장감은 옆사람에게 고스란히 전염된다는 사실을 모르는 것을 보면.

"고맙습니다."

하지만 만약 그녀가 브로드웨이같이 큰 무대에서 춤을 추었다면 참을 수 없을 정도로 질투를 느끼게 될지도 모른다. 세 사람은 한동안 말없이 앉아 있었다. 나는 이런 어색한 침묵을 정말로 좋아한다. 몇 년이라도 즐겁게 견딜 수 있다.

"춤추지 않을래요?"

댄서가 내게 물었다. 장난기 넘치는 미소를 지으며…… 사실, 나는 탱고보다는 디스코를 추고 싶은 기분이다.

"그러지 말고 나가요, 우리."

댄서는 나보다 조막만한 얼굴을 가졌다. 외국인이니 당연한 일이겠지만.

"여자끼리?"

잠깐, 이런 일은 처음인데…… 어쩌면 이 여자와 레

즈비언이 될지도 모르지.

다른 사람들은 나를 보고 신경질적이라든가, 유리처럼 섬세하다고들 떠들어대지만 내 몸 자체는 더할 나위 없이 육감적이라 나약함과는 거리가 멀다.

게다가 활동적이어서 에어로빅과 테니스를 비롯해 수영까지 마스터했고, 디스코라면 10대 초반에 이미 '댄싱 퀸'으로 불렸다. 스텝 정도만 익히면 출 수 있는 탱고 따위는 몇 초만에 익힐 수 있는 실력이지만, 뉴욕에서 건너온 댄서와 티핀 룸의 댄스 파티 역사에 길이 남을 탱고를 보여주는 일은 너무 평범해서 그리 내키지 않았다. 내키지 않는 것이 아니라 할 수 없다는 표현이 옳다. 왜냐하면 나는 아직 숨이 붙어 있을 때 아니, 호흡이 멈추어 나의 영혼이 빠져나가고 뼈와 살갗이 흙으로 변했어도 여전히 카메라를 의식할 것이다. 관객이 아닌 카메라 말이다.

관객은 인간이기에 두려워할 존재가 아니다. 내가 아무리 뛰어난 연기를 보여준다고 해도 사람들의 평가는 제멋대로일 수밖에 없다. 나는 그런 애매한 세계가 싫다. 그러나 카메라는 다르다. 35밀리 카메라 앞에서 거짓말은 통하지 않는다. 흔히 비디오가 인간의 본성을 드러낸다고 말하지만 그것은 어디까지나 TV라는 특성, 자기

(磁氣)의 특성에 지나지 않는다. 자기는 처음부터 우주 안에 존재했던 원시적인 것이다. 그러니 비디오 역시 내 게는 그다지 위협적인 대상이 아니며 하이비전도 마찬 가지이다. 연극도 마찬가지이다. 그것은 지렁이가 반달 곰보다 하등생물이라는 것과 같은 의미이다.

35밀리 필름을 넣은 카메라만이 내겐 두렵고도 아름다 운 존재이다.

나는 마치 몽유병자처럼 탱고를 추었고 내게 손을 내 밀었던 뉴욕 출신의 댄서에게 실망이나 만족 어느 것 하 나 안겨주지 않았다. 비스콘티('강박관념', '몽유병 여인'으 로 유명한 이탈리아의 감독 — 역주)가 카메라 뒤에 서 있었다 면 틀림없이 탄성을 질렀을 것이다.

몽유병자 연기에 몰입하면서 주량의 3배에 달하는 샴 페인을 마신 후, 나는 래플스 호텔을 나와 수많은 인파 속을 걸었다. 샴페인의 취기와 몽유병자 연기의 여파로 인해 내 모습은 흡사 기차역에서 길을 잃고 헤매는 안나 카레니나와 같았다. 크리스마스 분위기로 흥청대는 평 범한 싱가포르 사람들 사이에서 나는 '최악이야!'를 연 발하며 그저 고통스럽게 미소지을 뿐이다.

상가를 지나 공원 벤치에서 잠시 쉬고 있을 때 어디선 가 달콤한 노랫소리가 들려와 내 머릿속을 헝클어뜨리기 시작했다.

저 별로 나를 데려가 주세요. 그 안에서 쉴 수 있도록.
가르쳐 주세요, 목성과 화성, 끝없는 사랑을.
다른 별에서 당신께 안기고 싶어요,
키스의 감촉도 달라지겠죠.

풍선처럼 살찐 인도여자가 노래를 부르고 있다. 아마
스틸 사진 촬영중인 모양이다.

내 마음을 당신 노래로 채워 주세요.
영원히 당신을 위해 노래하겠어요.
당신은 나의 모든 것, 나의 전부.
하지만 부탁이에요.
다른 별에서는 솔직하게 말해요.
다른 별에서는 거짓말하지 말아요.
다른 별에서도 나는 당신을 사랑할 테니.

카메라맨은 다름 아닌 카리야 씨였다. 가나자와에서
나를 찍었고 전쟁터를 주름잡았던 니콘F 카메라가 아
닌, 오토 포커스 오토 엑스포즈의 최신형 카메라 3대를 지휘하며 무대 한가운데 그가 서 있었다. 그는 배가 남산만하게 솟아오른 중년의 중국인과 웃으며 이야기를 나누다가 나와 눈이 마주치자, 갑자기 촬영을 멈추고 벤츠 300E를 몰고 어디론가 사라져 버렸다.

나는 멍하게 서 있는 스태프에게 일본에서 중요한 계약을 위해 온 사람이라고 거짓말을 한 후 그의 주소와 전화 번호를 물어 보았다. 택시 안에서 전화 번호를 적은 쪽지를 더 이상 찢을 수 없을 때까지 가늘게 찢어 주머니에 쑤셔넣었다. 전화 번호는 필요 없다, 전화로는 사람을 죽일 수 없으니까.

동남아시아의 호화 주택은 더위와 높은 습도, 짧은 전통, 민중으로부터 착취한 돈으로 건설되어 대부분 작위적인 냄새를 풍기는데, 카리야 씨의 저택 역시 예외는 아니었다.

나는 집의 위치만 확인한 뒤 래플스 호텔로 돌아올 생각이었다. 허락 없이 남의 집에 숨어 들어가는 일 따위는 하고 싶지 않을 뿐더러 부인이나 아이들에게는 조금의 유감도 갖고 있지 않았으니까. 더군다나 새하얗게 질린 얼굴로 허둥대는 카리야 씨의 모습을 원하지도 않았다. 방금 전 우스꽝스럽게 생긴 집사가 '주인님께서는 부인과 자제분을 배웅하러 공항에 가셨습니다. 두 분이 먼저 떠나셨고 연말은 일본에서 보내게 되실 겁니다'라고 설명해 주었으므로, 나는 그가 돌아올 때까지 문 밖 층계에서 기다리기로 했다.

카리야 씨는 내가 집을 습격하리라 예상하고 부인과 아이를 일본으로 피신시킨 것일까, 아니면 가족들이 일본으로 떠날 날짜에 우연히 나와 마주친 것일까. 그것도 크리스마스날 밤에 말이다.

모든 것은 신의 뜻이다.

집사는 처음에 나의 실크 원피스에 압도되어 미소를 지으면서 여러 가지 정보를 제공해 주었다.

예를 들면 지금 카리야 씨는 금융관련 회사를 여러 개 소유한 대부호이고, 부인도 명성이 자자한 첼로 연주가이며, 아이도 여섯 살밖에 안 된 나이에 물이나 징그러운 벌레를 무서워하지 않고 대담한 면이 있다는 등의 세세한 내용까지 친절하게 가르쳐 주었다. 하지만 '무슨 용건이십니까?'라는 질문에 대답도 변변히 못하고 '안에서 기다리시겠습니까?'라는 다정한 제안에 우물쭈물한다면 집사도 차츰 나를 경계하게 될 것이 뻔하다. 그러니 이렇게 잠자코 밖에 앉아 문 쪽만 지켜봐야겠다.

40분 정도 지났을까, 아니면 4초? 아니면 4만 년? 벤츠 300E가 저택 입구에 나타났다. 집사는 앞머리가 흐트러질 정도로 재빨리 뛰어나가 카리야 씨를 맞이했다.

"…… 몇 번이나 무슨 일이냐고 물었지만 대답이 없었습니다."

"음, 알겠네."

다정한 그의 목소리.

"경찰을 부를까요?"

"아니, 괜찮네. 아, 그리고 풀 사이드로 술을 준비해 주게."

카리야 씨는 침착한 모습이었다. 가슴의 살갗을 한 겹 벗겨내야 불안감에 요동치는 심장을 볼 수 있을까.

"술을 준비해 달라니까."

집사는 나와 자신의 주인을 번갈아 쳐다보다가 집 안으로 들어갔다.

"들어와."

카리야 씨는 지금 무슨 생각을 하고 있을까. 파리의 호텔에서 둘만 남겨졌을 때 내 속옷을 부드럽게 벗겨 주던 카리야 씨는 어디로 간 걸까. 아니, 곰곰이 생각해 보면 그런 일은 예전에 이미 끝이 났다. 300년 전에나 있었던 일이다.

대부분의 호화 저택이 그렇듯, 그의 집에도 풀장이 있다. 풀장 주변으로 잔디가 깔려 있고 그 옆에는 딱정벌

레의 은신처로 보이는 무성한 숲이 있다. 풀장 바닥에 가지런히 붙어 있는 푸른색 타일이 조명 아래 더욱 또렷하게 떠오르고, 수면 위에 비친 내 모습이 일렁거렸다. 나는 그 안에서 어둠 속으로 사라져 가는 나를 보았다. 기분이 좀 나아졌다.

"하늘을 봐."

카리야 씨는 부드러운 눈매로 나를 바라보며 나지막하게 말했다.

"하늘에는 별이 가득하지. 하지만 별 하나하나는 서로 멀리 떨어져 있기 때문에 외로울 수밖에 없어. 반짝이는 밤하늘은 그저 눈에 보이는 단편적인 세계일 뿐이지, 이해하겠어?"

이해하겠냐고? 이것은 마릴린 먼로의 대사이다. 그의 목소리는 묘하게 떨리고 있다. 1982년산 '로마네 콩티'에 레몬 에센스를 넣어 만든 칵테일이 내 앞에 놓여졌다. 카리야 씨의 얼굴에서 핏기가 가시고 있었다.

"두리안을 나르는 인부나 어부 따위는 모두 거짓이었군요."

지금 그의 살갗이 스르르 벗겨지면서 그 속에서 지렁이가 기어 나온다고 해도 나는 결코 놀라지 않을 것이다.

"모에코, 나는 사냥을 시작했어. 정글을 잊을 수 없었기 때문이지."

당신은 정글을 잊지 못할지 모르지만 정글은 당신을 잊었어요.

나는 카리야 씨가 만들어 준 온더록 잔을 푸른 타일이 깔린 풀장으로 내던져 버렸다. 술잔은 속임수이며 오르되브르가 담겨진 접시는 미끼였다. 대 저택 전체는 과자로 만든 거짓일지도 모른다. 나는 황급히 그곳을 빠져나왔다.

카리야 씨는 자동차로 나를 따라오면서 타라고 재촉했다.

"아주 좋아 보이는군요."

당신, 정말 건강해 보여요.

호텔로 돌아오는 차 안에서 나는 차라리 그가 이 세상에서 사라지는 편이 나았으리라 생각했다.

"아무 일도 아니에요."

가이드에게 나는 그렇게 말했다. 말 그대로였다. '지난 일은 모두 좋은 일이다' 라는 누군가의 말처럼……

"나 왔어."

나는 천장에 달린 선풍기에게 인사를 건넸다. 카리야 씨는 가로등처럼 우두커니 서서 나와 방 안 가득 빼곡하게 들어차 있는 난꽃 화분과 선풍기를 번갈아 쳐다보았다. 아, 그래, 난꽃을 보내 줬으니 감사 인사 정도는 해야 겠지.

"이 방에서 살아 있는 것은 데이빗뿐이에요."

카리야 씨는 미간을 찌푸리며 문 쪽으로 걸어갔다.

"가시면 싫어요."

성당에서 시도했던 목소리를 다시 한 번 내보았지만 잘 되지 않았다. 카리야 씨는 문을 열고 밖을 살핀 뒤, 더욱 불쾌한 표정으로 문을 다시 닫았다. 무얼 봤을까?

"나를 혼자 있게 놔두지 말아요. 혼자는 싫어요."

나는 위에서부터 끓어올라오는 애절한 목소리로 대사를 읊었다.

"나는 전부를 버리고 이곳에 왔어요."

카리야 씨가 내게 다가온다.

"모두들 걱정하고 있어."

그래, 지금 난꽃 얘기를 하는 거야.

"난꽃을 보내줘서 고마워요. 이렇게 많은 난꽃을 받게 되다니, 정말 기뻤어요."

"뭐라고?"

카리야 씨의 목소리가 갈라졌다.

"이봐, 모에코."

그가 내 어깨를 감싸안고 흔들었다. 나는 난꽃이다. 당신은 나와 함께 다시 한 번 정글로 가지 않으면 안 돼요.

"나, 정글에 가고 싶어요."

나는 그의 죄값을 보상받아야만 한다. 내가 아닌 너덜거리는 베트콩의 시체를 위해서.

카리야 이야기

언젠가는 찾아오리라 예상하고 있었지만 이런 한밤중에 쳐들어오다니, 과연 그녀답다.

나는 이미 지칠 대로 지쳐 있었고 집중력도 예전만 못했다. 모델 때문이다. 카나루쟈는 싱가포르의 '국민 가수'라는 명성이 신기할 정도로 투박한 외모의 소유자였다. 게다가 그녀는 인도계이기 때문에 싱가포르를 상징한다고도 볼 수 없다.

"내년 우리 회사의 캘린더 모델은 카나루쟈로 결정되었네. 자네라면 그녀를 아름답게 찍을 수 있을 거야."

싱가포르에서 정크 본드(신용도는 낮지만 이용가치가 높은 채권 — 역주) 매매와 환매(換買) 사업을 벌이고 있는 나로

서는 거래처 증권 회사 사장의 이런 제안을 차마 거절할
수 없었다.

투자자들은 싱가포르를 '개방' 되어 있다고 표현한다.
외국 자본을 끌어들이는 데 적극적일 뿐 아니라 세금이
거의 없는 자유 금융 시장이라는 점 때문이다. 내가 몸
담고 있는 회사도 현지 자본과 '합병' 이라는 형태로 의
기 투합하여 이곳에 지점을 개설하게 된 것이다.

카나루쟈는 조명 장치 고장으로 촬영이 중단된 사이에
도 끊임없이 콧노래를 흥얼거렸다. '키사스, 키사스, 키
사스, 카미니트' 귀에 익은 라틴곡이 흘러나오는 가운데
촬영장에는 어느새 어스름한 기운이 내려앉았다. 그녀
는 금색과 은색 스팽글이 달린 검정 슬립드레스를 입고
있다. 툭 불거져 나온 아랫배가 다소 눈에 거슬리긴 하
지만, 캐러멜 색으로 뒤덮인 매끄러운 피부하며 인도인
다운 얼굴 윤곽이 꽤 매력적이다. 미국 서해안 지방에서
대중 음악을 2년간 공부했다는 짧은 경력에 비해 그녀의
목소리는 재즈와 라틴곡, 스탠더드 명곡, 컨트리 뮤직,
여기에 일본 엔카풍의 애절한 멜로디까지 무난하게 소
화시키는 성량과 리듬감이 있다.

하지만 듣는 이로 하여금 감동을 주지는 못한다. 기교
가 지나쳐 마치 오르골에서 흘러나오는 감정 없는 멜로

디를 듣고 있는 느낌이다.

싱가포르에서 인종차별을 받는 인도계 사람으로서 민족적인 애환을 품고 있을 법도 한데, 카나루쟈의 노래에는 어느 가수에게나 들을 수 있는 평이한 감성이 담겨져 있다. 지금보다는 좀더 애절하게 부르는 편이 좋지 않을까, 생각한 적이 있을 정도니까.

카나루쟈의 후원을 맡고 있는 증권 회사 사장은 말 그대로 단순한 후원자에 불과하다. 싱가포르 사회는 아직 종교의 영향력이 막강하기 때문에 성(性)적으로 그리 개방된 편이 아니다. 지사에 근무하는 외국인이 가라오케 술집에서 일하는 여종업원에게 '결혼하자'고 유혹했다가 그것이 거짓말이었다는 사실이 밝혀지자, 카나루쟈처럼 독실한 회교도였던 인도여자가 자살했다는 따위의 이야기가 심심치 않게 거론된다. 이런 종류의 스캔들은 어느 사회에나 있는 법이어서 비극이라기보다는 호사가들의 화젯거리라는 느낌이 강하다.

어쩌면 카나루쟈도 마음속으로부터 배어나오는 슬픔을 거부하고 있는지도 모른다. 나는 여태껏 싱가포르에서 슬퍼하는 사람을 만나 본 적이 없다. 한결같이 생글거리면서 살고 있는 나라이다. 이 나라에서는 슬픔이라는 개념 자체가 성립하지 않는 것일까. 어쩌면 슬퍼하지 않는 게 아니라 슬픔이라는 감정으로부터 거부당하고 있는지도 모른다.

이것은 싱가포르와 비슷한 면적과 인구를 가진 나라, 이를테면 이스라엘과 같은 나라와 비교할 때 놀라울 만큼 다른 모습이다.

이곳에서 생활한 지도 어느새 1년 8개월이나 지났다. 아내와 아들은 가끔씩 일본에 사는 친척들과 왕래를 가졌지만 나는 이제껏 한 번도 싱가포르를 벗어난 적이 없다. 떠날 수 없을 정도로 이 도시에 유별난 애착이 있어서가 아니라, 단지 모에코가 두려웠기 때문이다. 그녀의 소식을 듣거나 같은 하늘 아래 있다는 것 자체가 내게는 커다란 부담이었다.

현실 속의 모에코는 모든 일을 평범하게 생각하는 법이 없으므로 본인 자신은 느끼지 못하지만 나에게 있어서 '자극'의 상징이었다. 나는 누구에게나 모에코의 요구와 그에 따른 행동에 대해 설명할 자신이 있다. 그러나 상식 기준에서 멀리 벗어나 있는 그녀를 납득시키기란 지극히 어려운 일이다. 아니, 불가능하다.

심플한 흰색 원피스를 입은 모에코의 모습이 내 시야에 들어왔을 때 나는 광고 회사 관계자와 카나루쟈의 험

담을 하며 낄낄대고 있었다. 나와 비슷한 동년배인 그 남자는 중국계로는 드물게 일본어에 능통했다.

"카나루쟈에게 카메라를 들이대자마자 조명이 고장났지 뭐야. 조명도 모델을 가리는 모양이지."

"카나루쟈는 바빠서 함께 일하기 힘든 사람이에요. 이 일은 계약금도 너무 적었구요."

"싱가포르에서 제일 큰 증권 회사가 스폰서인데도?"

"증권 회사 사람들, 구두쇠거든요."

"흐음, 그렇군."

"그 증권 회사가 우리 회사의 두 번째 주주라서 어쩔 수 없었어요."

"그랬군. 하지만 저런 여자를 캘린더 모델로 쓰다니 좀 심한 것 같아."

"그래도 팔리긴 할 거예요."

"글쎄……."

"다음 기회에 괜찮은 일을 소개해 줄 테니, 오늘밤 촬영은 최선을 다해 주세요."

"괜찮은 일이라니?"

"뉴욕에서, 10억 달러 정도가 걸린 일이에요."

"10억이나?"

"네, 20억은 충분히 들어올 걸요?"

시답지 않은 농담을 주고받으며 웃고 있을 때, 모에코가 홀연히 내 앞에 나타났다. 그것은 느닷없는 출몰이었다. 온몸의 세포가 형형색색 빛의 입자로 바뀌어 허공에 떠다니다가 한순간에 실체로 조합된 그런 느낌이었다. 뉴욕에서 그녀를 처음 만났을 때도 마찬가지였다.

사실 나는 '여어, 모에코, 어서 와' 하고 당당하게 인사를 건넬 수 있으리라 확신하고 있었다. 머릿속에 그려 놓은 그녀와의 재회 장면은, 내가 웃는 얼굴로 다가가 어깨에 손을 얹으면 모든 것을 깨달은 모에코는 잠시 머뭇거리다가 돌아서는 것이다. 뻔뻔스러운 태도를 가장 경멸하는 그녀는 옷 속에 단검을 품고 있지 않는 한 그 대로 사라져 줄 것이다.

그러나 나는 모에코를 보자마자 등을 돌리고 말았다. 촬영 스태프들에게 작업을 중지하도록 명령한 것이 내가 할 수 있는 행동의 전부였다.

"좋아, 오늘은 그만하지."

1년 8개월 간의 굳은 결심은 그렇게 삽시간에 무너져 내렸다.

모에코는 나와 눈이 마주치자 유령이라도 본 듯한 표정으로 우두커니 서 있었다. 어색한 미소를 머금은 채 굳어 있는 얼굴은 그녀가 무의식중에 보여주는 연기이기도 했다.

"너는 잠들어 있을 때가 가장 아름다워. 내가 전에 말
했던가?"

"네."

"정말 아름다워."

"하지만 잠자는 동안에는 아무 일도 하지 않는 걸요."

"그럼 나머지 시간은 모두 연기인가?"

"그래요, 카리야 씨는 그렇지 않나요?"

모에코는 자각하지 못할 뿐이지 인간은 늘 연기를 하
고 있다고 믿었다. 어쩌면 그녀의 말이 옳을지도 모른
다. 그녀는 연기라는 삶의 수단을 여러 가지 레벨로 나
누어 놓았고 그 중에서도 무의식 상태에서 보여 주는 연
기는 고도의 기술을 필요로 한다고 했다. 여기서 무의식
이란 수면이나 의식 불명 상태를 말하는 것이 아니라,
어둠 속에서 우연히 상대와 맞닥뜨렸을 때 나타나는 반
사적인 반응을 말한다.

"무의식을 조절할 수 없다면 연기는 타성에 젖을 수밖
에 없어요."

1년 8개월만의 재회에서 모에코는 그 말을 증명이라도

하듯, 얼어붙은 미소를 내게 보여주었다.

1초도 채 되지 않는 짧은 순간에 만들어 낸 어색한 미소……, 그것은 인간의 감각으로는 도저히 감지해 낼 수 없을 만큼 미미한 변화이면서도 거역할 수 없는 놀라운 힘을 가지고 있었다. 결국 나는 그 힘에 무릎을 꿇고 말았다.

스태프들에게 철수할 것을 지시한 후 몇 번이나 고개를 숙이며 사과하는 조명 기사에게 '괜찮아, 신경쓰지 마' 하며 다정하게 한마디 던지고는, 촬영이 중단된 이유를 묻는 광고 회사 직원을 뒤로한 채 서둘러 차에 올랐다. 모에코가 서 있는 쪽으론 얼굴조차 돌릴 수 없었다. 반대편 차선의 자동차 헤드라이트가 상점의 스테인리스 간판에 반사되면서 내 눈을 어지럽혔다.

순간, 캄보디아에서 죽은 호주 출신의 카메라맨이 어렴풋이 머릿속에 떠올랐다. '데이빗'과 나는 서너 차례 같은 전투에서 종군기자로 활동했었고, 사이공의 바에서는 거의 매일 밤 얼굴을 마주쳤었다. 함께 술을 마셨던 당시에는 별다른 교감이 없었지만 그가 캄보디아의 야간 전투에서 사망한 뒤부터는 묘한 그리움에 사로잡혀 마치 녀석과 친한 친구였던 느낌마저 들었다. 이런 경험은 남자들 사이에서 흔한 일이긴 하지만 전쟁터에서 어떤 한 사람의 이미지가 뚜렷하게 기억에 새겨진다는 것은 매우 이례적인 일이다. 각인.

데이빗에 대한 기억이 뇌리에서 떠나지 않는 이유는 무엇일까?

사실 나는 1년 8개월 동안 전쟁과 모에코, 현실의 관계에 대해 결론을 내릴 작정이었다. 그것은 물론 현실을 최우선에 둔 결론이 될 것이고, 나 자신도 그런 판단에 확신을 가지고 있었다. 전쟁과 모에코는 서로 많이 닮았다. 죽음을 각오해야 할 만큼 위험하지만 쭈뼛, 머리카락이 설 정도로 자극적이기 때문에 일단 한 번 빠져들면 헤어나기가 어렵다. 다행히도 나는 그런 자극 없이도 충분히 살아갈 수 있는 인간이다.

공항에서 아내와 아들을 보냈다. 일 때문에 배웅하러 가지 못할 것이라고 말해 두어서인지 내가 얼굴을 내밀자 아들녀석은 몹시 기뻐했다. 그러나 아내는 무슨 일이라도 생긴 게 아닌가 불안해 하는 눈치였다. 조명 장치 고장으로 촬영 일정이 취소되었다는 설명을 듣고서야 겨우 웃음을 지어 보였다. 탑승 게이트로 사라지는 두 사람의 뒷모습을 바라보면서 나는 모에코에 대한 두려움으로 온몸에 전율이 일었다. 그녀는 자신이 가진 신비한 능력으로 주변에서 일어나는 모든 일을 감지하고 있을지도 모른다. 아내와 아들이 일본으로 돌아간 바로 그 날 밤, 모에코는 나비같이 내 집으로 날아들었다.

"…… 몇 번이나 무슨 일이냐고 물었지만 대답이 없었습니다."

집사는 달려나오자마자 모에코를 가리키며 그렇게 말했다.

"음, 알겠네."

집사와 모에코를 비교해 보면 뚜렷하게 드러난다. 모에코가 보다 진화된 인류라는 사실이…….

"경찰을 부를까요?"

"아니, 괜찮네. 아, 그리고 풀 사이드로 술을 준비해 주게."

나는 나 자신도 놀랄 만큼 침착한 목소리로 말했다.

"술을 준비해 달라니까."

우두커니 서 있는 집사에게 재차 지시를 내리고 나서 나는 모에코를 향해 손을 내밀었다.

"들어와."

확신하건대 세련된 매너를 가진 모에코가 느닷없이 독설을 퍼붓거나 처음 들어서는 낯선 장소를 아수라장으로 만드는 일 따위는 하지 않을 것이다.

그녀는 풀 사이드에 서서 하이힐을 신은 조그만 발로

타일 바닥을 몇 번 두드리다가 집사가 오르되브르 쟁반을 내려놓고 사라지자 그제서야 내쪽으로 얼굴을 돌렸다.

"하늘을 봐."

공격의 고삐를 늦추기 위해 우선은 비범한 말로 시작하는 것도 좋은 방법이다.

"하늘에는 별이 가득하지. 하지만 별 하나하나는 서로 멀리 떨어져 있기 때문에 외로울 수밖에 없어. 반짝이는 밤하늘은 그저 눈에 보이는 단편적인 세계일 뿐이지, 이해하겠어?"

이해할 리가 없다. 하지만 확실히 효과는 있을 것이다. 그녀는 이해하지 못하는 자신을 충동적인 행동으로 표현할 것이다. 지금 이 순간 모에코는 세계를 지배한다. 수영장의 잔잔한 수면과 바람, 사각거리며 흔들리는 벤저민 잎사귀, 희미하게 들려오는 곤충의 울음소리……. 그녀가 이 모든 것의 중심에 섬과 동시에 나는 이들로부터 멀리 떨어진 존재, 세상 이치를 전혀 알지 못하는 하등한 생물로 전락하고 만다.

"두리안을 나르는 인부나 어부 따위는 모두 거짓이었군요."

일단 나를 미미한 존재로 격하시킨 뒤 모에코는 구체적인 거짓들을 일일이 지적하기 시작한다. 이러한 과정을 통해 '나' 라는 존재는 형편없이 짓이겨지는 것이다.

"모에코, 나는 사냥을 시작했어. 정글을 잊을 수 없었기 때문이지."

나는 어느새 무의미한 말들을 쏟아내고 있다. 마치 전기 고문을 받은 죄수처럼 입가에 희미한 미소를 띠운 채 생각도 없이 떠벌리고 있는 것이다.

모에코는 술잔을 들었다. 여느 때라면 단숨에 들이켜고 나서 내 품안으로 달려들었겠지만, 오늘은 전혀 달랐다. 그녀는 수영장의 잔잔한 물 속으로 유리잔을 내던져 버렸다. 거기다가 소름 끼치는 미소까지 흘리면서.

마치 '당신 같은 사람은 살아 있을 자격이 없어요' 라는 경멸의 눈초리로 한동안 나를 노려보다가 밖으로 뛰어나갔다. 나는 그녀의 뒤를 따라가지 않으면 안 된다. 모에코가 만들어 놓은 시나리오를 이해하지 못했기 때문이다. 모에코가 나를 벌레만도 못한 인간으로 규정한다고 해도 이해하는 순간까지는 참아야 한다.

"아주 좋아 보이는군요."

자동차로 천천히 그녀의 뒤를 따라가자 모에코는 나를 향해 쏘아붙였다.

차 안에서 그녀는 일본 엔카를 콧노래로 흥얼거렸다. 예전에는 볼 수 없었던 낯선 모습이다. 나를 발견하고 나서 그렇게 변한 것이 아니라 뭔가 또 다른 변화가 그녀 안에서 진행중인 느낌이 들었다. 호텔이 어디냐고 물었을 때, 그녀는 이미 알고 있지 않느냐는 투로 '래플스 호텔'이라고 대답했다.

호텔 로비에는 단정한 옷차림의 청년이 모에코를 기다리고 있었다.

"당신은?"

나의 질문에 그 청년은 관광 서비스 회사 직원이라고 자신을 소개했다. 모에코가 얼마나 싱가포르에 머물렀는지 모르지만 그 동안 그녀의 성격을 참아낸 것을 보면 대단한 청년임에 틀림없다. 보통 사람 같으면 단 5분도 견디지 못했을 것이다.

모에코의 방에 들어가자마자 눈앞이 아찔했다. 온통 난꽃으로 가득 차 있었기 때문이다.

이상한 느낌이 엄습했다. 물론 모에코가 흔히 거리에서 만날 수 있는 평범한 여자도 아니고 마음속에 광기를 숨기고 있기는 하지만 여태껏 그것을 행동으로 표현한 적은 없었다. 난꽃이 방안에 피어 있는 광경을 머릿속에 이미지로 떠올리는 데 그치지 않고 방 한가득 난꽃 천지로 만들다니…….

어쩌면 배우 일을 그만 두고 나서 분출하지 못한 에

너지가 쌓여 있다가 그녀 내부에서 폭발해 버렸을 수도
있다.

"나 왔어."

모에코는 천장에 매달려 있는 선풍기를 향해 그렇게
말했다. 어디가 어떻게 이상한지 확실히 알 순 없다. 예
를 들어 그녀가 거울이나 테이블, 전화기, 샹들리에와
대화를 나누었다고 해도 그리 놀랄 일은 아니다. 하지만
선풍기와의 인사는 어쩐지 부자연스러웠다. 모에코는
자연스럽다든지 부자연스럽다든지 하는 구분을 가장 혐
오한다.

'자연스럽다는 기준이 무엇인지 내게 설명해 봐요. 당
신이 자연스럽다고 느끼는 것이 무엇인지 말해 보라고
요.'

모에코 내부에는 그녀 자신도 통제 불가능한 부분이
존재한다. 그것은 밖으로 발산하지 못하고 남아 있던
여배우로서의 재능일 수도 있고, 단정한 외모에 훌륭한
인내심을 가진 가이드 청년 때문에 생긴 심리적인 변화
일 수도 있다. 어쩌면 예전보다 조금 살집 붙은 몸매를
의식해 자신도 모르게 날카로운 반응을 보이는지도 모
른다.

"이 방에서 살아 있는 것은 데이빗뿐이에요."

불길한 예감이 또다시 머릿속을 파고들었다. 이미 모든 일을 알고 있다는 걸까. 그녀는 내가 상상하고 고민하고 계획하고 있는 것, 그리고 앞으로 일어날 일까지 훤히 들여다보는지도 모른다.

"가시면 싫어요."

그녀가 비련의 여주인공처럼 울부짖었다. 동시에 난화분 한 개가 내 옆으로 날아와 순식간에 산산조각이 났다.

방문을 열자, 복도를 지나는 싸늘한 바람에 코끝이 찡했다. 희미한 등불 너머로 래플스 호텔에 묵은 지 1년이 넘었다는 저널리스트의 모습이 눈에 들어왔다. 그 남자는 이곳에서 1년 가까이 독서만 하며 소일하는 사치스러운 손님으로 현지 매스컴에 여러 번 소개된 적이 있다. 술에 취한 듯 셔츠 앞자락이 흥건히 젖은 채 의자에 늘어져 있는 남자 앞에는 전화 번호부보다 두꺼운 양장본의 펼쳐진 책장이 바람에 팔락거리고 있었다. 나는 그것이 모에코가 만들어 놓은 환상임을 직감했다. 그녀의 절규는 자신이 마음만 먹으면 얼마든지 세상을 마음대로 바꿀 수 있다는 경고의 메시지이다.

"나를 혼자 있게 놔두지 말아요. 혼자는 싫어요."

예전부터 영적인 능력이 있다는 것을 알고는 있었지

만, 조금 전의 대사는 마치 누군가 다른 사람이 모에코의 몸을 빌어 말하고 있는 것처럼 생소하게 들렸다.

"나는 전부를 버리고 이곳에 왔어요."

버린다는 것은 그렇게 쉬운 일이 아니야. 전부를 버리는 일 따위는 아무도 할 수 없어.

"모두들 걱정하고 있어."

나는 모에코를 순순히 받아들였다. 그녀는 주저없이 내 품으로 달려들었다.

"난꽃을 보내줘서 고마워요. 이렇게 많은 난꽃을 받게 되다니, 정말 기뻤어요."

"뭐라고?"

무의식적으로 목소리에 힘이 들어갔다. 이 많은 난꽃을 내가 보냈다는 말인가?

"이봐, 모에코."

도대체 어떻게 된 일이지? 넌 변했어.

"나, 정글에 가고 싶어요."

정글이라고? 야생란을 보고 싶은 걸까? 모에코는 절대 감상적인 여자가 아닌데…….

모에코는 이제 결말을 내려 한다. 더 이상 내가 도망칠 곳은 없다.

말레이시아의 쿌라룸푸르에서 북쪽으로 2시간 정도 달리면 말 그대로 순수한 정글과 만날 수 있다. 인간의 손길이 닿지 않은 천연 원시림이라기보다는 수풀이 너무 무성해 그대로 방치되어 있다는 표현이 어울리는 곳이다. 경찰은 물론 군대조차 접근하기를 꺼리는 그곳에는 입으로 독화살을 쏘는 원주민과 베트남으로부터 원조를 받아 근근히 살아가는 공산 게릴라들이 숨어 살고 있다. 정글의 북부 산악 지대에는 800마리가 넘는 말레이시아 호랑이가 서식하고 있는데, 이 야생 호랑이들은 수도에서 150킬로미터도 채 떨어지지 않은 곳에서 멧돼지를 잡아먹으며 용케 멸종을 면하고 있다.

그 열대 우림의 고지대에 '프레저 힐'이라는 리조트가 조성되어 있다. 프레저 힐은 높은 지대에 위치한 탓에 1년 내내 안개에 둘러싸여 있고 한낮에도 기온이 그리 높지 않은 편이다. 일광이 좋지 않아서 현지인들에겐 인기가 없는 리조트지만 그곳을 개발한 영국인들은 9홀짜리 간이 골프장과 일반 고객들을 위한 호텔까지 지어 놓았다. 내가 영국의 타이어 회사 지점장으로부터 프레저 힐의 별장을 사들인 것은 올 봄의 일이다.

말레이시아와 싱가포르의 총기 소유에 대한 까다로운 법률을 감안해 나는 사냥용으로 쓸 크로스 보우(석궁, 중

세의 격발식 활)를 주문했고, 까다로운 훈련 교본을 익힌 후 정원 한가운데 연습장도 만들어 놓았다.

싱가포르에서 조호르, 바르, 말라카, 콸라룸푸르를 지나고 팜오일 농장, 화전, 적토 지대를 통과하는 장장 6시간 동안 모에코는 거의 입을 열지 않았다. 나는 왜 그녀를 정글의 프레저 힐까지 데리고 가는 것일까. 나 자신에게조차 설명이 안 되는 일이다. 이제껏 사냥을 위한 '성지(聖地)'라는 이유로 아내와 아들, 친구조차 별장에 부른 적이 없었던 나였다. 운전대를 잡은 동안 나는 끊임없이 스스로에게 질문을 던졌다. 모에코를 그곳에 데려가는 이유는 무엇일까. 만약 내게 신의 능력이 있다면 모에코를 다시 '배우'로 돌려놓고 싶다.

별장에 도착한 뒤 커피를 마시면서 잠시 쉬는 동안 나는 그녀에게 '보우 건(석총)' 쏘는 법을 가르쳐 주었다. 여성이나 어린이를 위한 권총 형태의 보우 건은 크로스보우에 비해 위력은 다소 떨어지지만 5미터 이내에 들어온 토끼나 다람쥐쯤은 간단히 쓰러뜨릴 수 있다. 사용법도 간단한데다 무리한 힘도 필요 없다. 모에코는 내 설명에 열심히 귀를 기울이더니 30분만에 목표물의 한가운데를 맞추는 수준에 도달했다.

그날 밤, 우리는 벽난로 옆에 앉아 내가 만든 스파게티를 먹었다. 장작이 타오르는 원시적인 조명에만 의지한 채 모에코는 맨살에 내 셔츠를 걸치고 방금 감은 머리를 그대로 풀어내린 채 앉아 있었다.

"스파게티가 참 맛있어요."

스파게티 면을 입으로 가져가면서 그녀는 내 눈을 쳐다보았다.

"피렌체풍의 토마토소스 스파게티야. 맛있다니 다행이군."

"당신은 천재예요."

"그렇지 않아. 내가 몇 번이나 말했지만, 너와 나는 '리그'가 틀려."

"리그라니, 무슨 말이죠?"

"어느 분야든지 '리그'라는 것이 있기 마련이야. 위대한 사람과 뛰어난 사람, 보통 사람과 한심한 녀석. 뭐, 대충 그렇게 나눌 수 있겠지. 야구로 치자면 모에코는 메이저리그이고, 나는 트리플 A리그(미국 프로 야구 마이너리그 중 가장 높은 등급) 정도나 될까."

이쯤에서 그녀가 '그래서요?'라고 반문한다면 나는 할 말이 없다. 게다가 지금 한 말은 오면서 수십 번이나 반복해 온 말이다. 그만큼 내게 중요한 문제였지만 모에코에겐 하찮은 일일 수 있다.

"진심으로 배우 생활을 그만 둘 작정이야?"

그녀는 잠자코 고개를 끄덕였다.

"자신의 재능을 무시하면 언젠가 그것 때문에 괴로워하게 될 거야."

모에코가 미처 깨닫지 못한 사실이겠지만 재능이란 끊임없이 솟아나는 것이 아니다. 완전히 소모된 후에는 절대로 다시 생산되는 법이 없다. 더 이상 쓸 만한 재능을 끄집어낼 수 없을 때 인간은 비로소 '표현'이라는 비상 수단으로 자신을 내보이게 되는 것이다.

"저는 말이죠."

그녀는 스파게티 접시를 탁자 위에 내려놓고 한 손으로 머리를 훑어내렸다.

"이제부터는 웃고 싶을 때만 웃으려고 해요."

'너한테 그건 애초에 불가능한 일이야'라고 말해 줄까도 생각했지만 모에코의 쓸쓸한 표정을 보니 그럴 마음이 싹 달아나 버렸다.

"사진을 찍고 싶어요."

그녀는 들릴 듯 말 듯 가는 목소리로 중얼거렸다.

"알았어, 찍어 줄게."

사진을 찍는 일에 어떤 의미가 담겨 있는지 자세히 알

순 없지만 풀 죽은 그녀 모습이 안쓰럽게만 느껴졌다.

　다음 날, 정글 한가운데서 모에코는 보우 건으로 나를 쐈다.

유이키 이야기

여배우가 래플스 호텔에서 흔적도 없이 사라졌다. 난 꽃값은 물론 식사비, 숙박료도 미지불된 상태였다. 사장과 2시간 동안 의논한 결과 벤츠 300E를 타고 나타났던 중년신사에게 대금 지불을 요구하기로 의견이 모아졌다. 피곤한 몸을 이끌고 아파트로 돌아와 보니 마토가 팔짱을 낀 채 나를 기다리고 있었다. 나는 마토에게서 '일처리가 너무 미온적인 것 아니냐, 상대가 여배우이기 때문에 유난히 너그럽게 봐 준 것이 아니냐, 돈에 관련된 문제만큼은 사무적으로 처리하라' 는 등의 잔소리를 들어야만 했다.

나는 '왜 이런 일로 우리가 말다툼을 해야 하느냐' 고 투덜거렸지만 '당신이 자초한 일이니 어쩔 수 없다' 는 식의 싸늘한 대답만이 돌아왔다. 어차피 이런 대화도 영어 공부에 도움이 되리라 자위하며 마토에게 반격할 말을 찾는 사이 전화벨이 울렸다.

당신을 찾는데요, 마토가 건네 준 수화기를 받아보니 상대는 벤츠 300E의 주인공이었다. 나는 마토를 향해 호텔에서 본 바로 그 남자라고 손가락으로 전화를 가리키며 입을 벙긋거렸다.

"유이키 씨…… 라고 했던가요."

어떻게 된 일이지? 이 사람 목소리가 떨리고 있잖아.

"기억날지 모르겠군요. 래플스 호텔 로비에서 만났었는데, 혼마 모에코라는 여배우와 함께 있었던……."

"아, 예, 기억하고 있습니다."

"이렇게 갑자기 전화해서 정말 미안하지만 당신에게 부탁이 있어서 걸었습니다."

"저어……."

"예?"

"사실은 저도 부탁드릴 일이 있습니다만."

"그럼 우선 유이키 씨 이야기부터 듣기로 하죠. 내 얘긴 조금 복잡하니까."

"혼마 씨가 갑자기 사라져 버렸습니다."

"모에코는 나랑 여기에 있소."

"사무적인 문제부터 말씀드려도 되겠습니까?"

"물론."

"저에게는 계약기간이라는 것이 있고, 일주일 간 VIP 서비스를 제공하기로 되어 있습니다. 도중에 임의로 체크아웃 하시면 정말 곤란합니다."

"알고 있어요."

"난꽃 일도 알고 계십니까?"

"알고 있소, 그 일은."

"혼마 씨가 주문하신 것입니다. 청구서는 저희 회사로 배달되었습니다."

"역시 그랬군. 그건 내가 계산하도록 하겠습니다."

"액수가 조금 큽니다."

"수표도 괜찮다면 지금 당장이라도 지불할 수 있소만."

"다행입니다. 호텔 숙박료와 저희 회사 서비스 요금도 아직 미지불 상태입니다만, 그것도 지불 가능하십니까?"

"청구서와 영수증을 이쪽으로 가져다 주면 좋겠소."

"댁이 어디십니까? 아, 일하시는 사무실로 가도 상관없겠군요."

"지금은 말레이시아에 있소."

"말레이시아요?"

"프레저 힐에 내 별장이 있어요. 이곳까지 와 주지 않겠소? 이런 문제를 부탁할 사람이 당신밖에 없소. 모에코와 관련된 일이기도 하고……."

"무슨 일이라도 생겼습니까?"

"혼자 힘으로는 아무 것도 할 수가 없는 상황이오."

그 남자의 목소리에서 약간의 수치심이 묻어 났다. 내 머릿속에는 여배우와 함께 있을 때 느꼈던 그에 대한 동정심이 되살아났다. 그는 분명 절망적인 기분에 휩싸여 있겠지.

"알겠습니다. 지금 당장 회사에 들러 청구서와 영수증을 만들어 가겠습니다. 오늘밤 안으로 도착하겠습니다."

"당신 덕분에 간신히 위기를 모면하겠군요. 유이키 씨가 와 준다면 안심할 수 있을 것 같소."

중년신사가 안도의 한숨을 내쉬더니 전화를 끊었다.

"무슨 일이래?"

"그 부자가 모두 지불하겠대."

"부자는 늘 관대한 법이지."

"말레이시아 별장으로 와 달라는군."

"여배우가 드디어 본성을 드러내는 모양이지?"

"본성이라니?"

"넌 'V'라는 TV시리즈도 못 봤어?"

"몰라."

"지구에 UFO가 쳐들어왔어. 인간과 똑같은 모습을 한 외계인을 보고 지구인들은 안심했지. 하지만 그들은 인간의 피부를 뒤집어 쓴 파충류였고, 숨은 목적은 지구의 수자원을 빼앗는 것이었어. 피부가 벗겨지면서 파충류의 살갗이 드러나는 장면이 자주 등장하는데 얼마나 리얼했다고. 얼굴을 뜯어낸 자리에서 미끌미끌한 도마뱀 머리가 나온다고 상상해 봐."

마토의 웃음 섞인 말투를 듣고 있는 동안 나는 온몸에 소름이 돋았다.

실로 오랜만의 긴 여행이었다. 여배우와 재회할 것을 생각하니 가슴이 두근거렸다. 드라이브 인 레스토랑에서 말레이시아 카레를 먹고 주유소를 두 번 더 거친 후, 해가 기울어 갈 때쯤에야 나는 프레저 힐에 도착했다.

별장은 희뿌연 안개에 둘러싸여 있었다. 한 손에 청구서와 영수증, 또 한 손엔 뵈브 클리코가 들어 있는 비닐 봉투를 들고 현관을 향해 몸을 돌리는 순간 마토가 내

팔을 꽉 잡았다.

"저것 좀 봐."

현관으로 난 길 위에 거대한 지네가 꿈틀대고 있었다. 굵기가 어른 손가락만 해서 처음에는 수도관이나 가스관 토막이 잔디 위에 나뒹굴고 있는 것으로 착각할 정도였다. 녀석은 검고 윤기나는 몸통에 흰색 발이 무수히 달려 있고, 그것을 노처럼 일사불란하게 움직여 부지런히 앞으로 나아가고 있었다.

"여기 마음에 드는데."

마토는 굳은 표정으로 담담하게 말했다.

현관문이 열리고 중년남자의 모습이 나타났다. 나는 우선 마토를 소개했다. 수천 미터 고지에 위치한 탓에 쓸쓸한 기운이 감돌긴 했지만, 별장은 영국풍으로 지어져 고급스러웠다. 영국인들은 어째서 이런 곳에 리조트를 지었을까. 그리고 부자들은 여기서 뭘 하고 있던 걸까. 그들은 싱가포르나 말레이시아뿐만 아니라 아프리카나 서인도 제도까지 몰려가 더운 날씨를 피할 수 있는 곳에 길을 닦고, 집을 짓고, 골프장과 테니스 코트를 만든다. 북아프리카의 우라늄 광산을 소유한 어떤 갑부는 사막에 골프 코스를 만드느라 땀깨나 흘렸다고 태연하게 말했다. 나 같은 보통사람이야 그런 녀석들이 어리석다고 생각하겠지만 당사자는 진심으로 대견하게 여기는 듯했다.

여배우는 거실 소파에 얌전히 앉아 있다가 나와 마토를 보자 정말 와 주었군요, 하며 기뻐했다. 오랫동안 입원해 있다가 친구들의 병문안을 받고 기뻐하는 난치병 환자 같은 표정이었다.

"오늘밤엔 파티를 열어요. 네, 카리야 씨?"

여배우의 생김새가 다소 달라진 느낌이 들었다. 부은 것일까, 아니면 화가 난 것일까. 어쨌든 소중한 보물을 잃어버린 듯 멍한 모습이었다.

"그래요, 최고로 멋진 파티를 열어요."

마토가 무뚝뚝하게 대답했다.

여배우와 마토는 춤을 추고 있다. 지난번에 추었던 농염한 탱고가 아닌 경쾌한 스텝의 디스코다.

하라주쿠를 배회하는 골빈 여학생처럼 배시시 웃는 여배우는 마토가 가르쳐 주는 간단한 스텝을 따라하고 있다. 잠시라도 움직임을 멈추면 와르르 무너져 버릴 목각 인형 같다.

"와 줘서 정말 고맙소."

중년남자는 25년산 위스키를 술잔에 따랐다. 테이블

위에는 오리 로스구이와 우설(牛舌) 절임, 양상추를 넣은 샌드위치, 카스피 해에서 가져온 싱싱한 캐비아가 놓여져 있다. 모두 오늘 저녁식사를 위해 레스토랑 주방장에게 특별히 주문한 요리일 것이다. 어느 재료 하나 말레이시아에서 쉽게 구할 수 없는 고급 요리들을 이 남자는 동남아시아의 정글 한가운데서 아무렇지도 않게 태연히 즐기고 있다니.

"무슨 일이라도 있었습니까?"

'이런 날은 취하는 편이 나아.' 차 안에서 한 마토의 말이 생각났다. 뵈브 클리코는 여배우의 차지였기 때문에 하는 수 없이 난 독한 온더록을 홀짝거려야 했다.

"당신은 모에코를 어떻게 생각하지?"

거실에는 일본 남성들이 선망하는 물건은 하나도 빠짐없이 갖추어져 있다. 행복의 상징인 벽난로는 물론 라이카, 니콘, 핫셀과 같은 카메라 장비, 크로스 보우와 보우건, 그리고 레이저디스크 플레이어와 40인치 대형 모니터……. 지하실에는 틀림없이 포도주 저장고가 있겠지. 옥상에는 천체 망원경, 다락방 한켠에 철도 모형이 놓여져 있고, 차고에는 산악 자전거와 골프, 테니스, 스쿠버 다이빙 세트가 처박혀 있을 것이다. 빠끔히 열린 방문 사이로 보이는 엡손 노트북과 애플 컴퓨터, 게다가 이

별장에 모인 여자는 여배우와 댄서이다. 그럼에도 중년 남자는 두려움에 떨고 있다.

"어려운 질문이군요."

내가 얼굴을 찡그리자 그 남자는 알겠다는 듯 천천히 고개를 끄덕였다.

"오늘 모에코가 보우 건으로 날 쏘았소."

그의 볼에는 반창고가 붙어 있었다.

"설마……?"

거짓말이라고 생각하지는 않았지만, 나도 모르게 그렇게 대답하고 말았다. 중년남자는 반창고를 뗀 뒤 내쪽으로 얼굴을 돌렸다. 순간 무수한 질문들이 한꺼번에 터져 나와 머릿속을 어지럽혔다.

'두 분은 어떻게 만나신 겁니까? 결혼할 생각은 없었습니까? 처음 만날 때부터 여배우는 저런 성격이었습니까? 여배우를 그만 두고 무슨 일을 할 작정이라고 합니까? 배우 시절에 모은 돈으로 생활하고 있는 겁니까? 지금까지 당신을 죽이려고 시도한 적이 또 있었습니까? 여배우와의 섹스는 어떤 기분입니까? 총에 맞은 뒤 제가 올 때까지 무슨 대화를 나누고 있었습니까? 혼마 씨와 같은 사람은 어떻게 살아가야 할까요……?'

이런 질문을 쏟아낸 후 솔직한 그의 심경을 듣고 싶었

지만 나는 아무 말도 하지 않았다.

여배우에 대한 의문은 수를 헤아릴 수 없을 정도지만, 의문을 명확히 풀어줄 정답을 찾는다는 건 불가능한 일이다. 그녀는 의문 때문에 성립하거나 의문, 그 자체일 수도 있다.

그리스도가 십자가를 지고 있는 것처럼 여배우는 물음표를 지고 있다.

"여자들은 위대한 존재요."

마토와 여배우를 쳐다보며 중년남자가 입을 열었다. 이제야 비로소 자신이 깨달은 것에 대해 이야기하고 싶어진 것일까.

"나는 오늘 지독하게 운이 나빴지만……."

그 남자는 상처를 어루만지며 어린애처럼 투덜댔고 우리들은 동시에 웃음을 터뜨렸다. 23년간의 나의 인생에 있어 세 번째 씁쓸한 웃음이었다.

카리야 이야기

정글에서 나를 쏘았을 때와 마찬가지로 모에코는 지금 모든 감정을 차단시킨 상태이다.

감정의 단절. 나와의 커뮤니케이션 자체를 거부한다는 의미이다. 즉, 공통된 인식과 서로의 감정을 이해하려는 노력을 보이지 않는 것이다. 하지만 교류하기를 꺼린다고 해서 모에코가 침묵으로 일관하거나 감정의 변화에 대해 무관심한 것은 결코 아니었다. 그녀는 내 질문에 상냥하게 대답하기도 하였고, 슬픈 표정을 짓거나 소리 내어 웃기도 했다.

예를 들어 '나를 죽이고 싶어?' 라고 내가 물으면 그녀는 이상한 웃음소리를 내며 킬킬거렸다. 그런 웃음을 특별한 의미라고 볼 수 없다. 사실 모에코는 처음 만난 순간부터 짧은 밀월여행을 거쳐 우리의 관계가 끝난 지금까지 전혀 예상치 못한 순간에 웃음을 터뜨리는 버릇이 있었다. 과거에 있었던 일을 떠올리는 것 같긴 한데, '왜 그래?' 하고 물으면 반드시 '아무 것도 아니에요'라며 손을 내젓는다. 보통 우리 주변의 사람들도 때로는 이유 없이 웃음이 터져나올 때가 있으므로 그 정도쯤이야 이해할 수 있다. 그러나 웃음의 원인이 정말로 불분명하다면 원인은 두 가지밖에 없다. 타인을 의식하지 않고 멋대로 행동하는 것, 다시 말해 발작(發作)에 의한 것이거나 정상적인 의사소통을 의도적으로 거부하는 것이다. 엄밀하게 말하면 발작 역시 커뮤니케이션의 단절에서 오는 증상이지만.

보우 건에 맞은 일은 내게 커다란 충격이었지만 더욱 참기 어려운 것은 교류를 거부하는 모에코와 함께 지내는 일이다. 그래서 나는 관광 서비스 회사의 청년을 별장에 초대했다. 집 전화번호를 알아내는 것쯤 그리 어려운 일이 아니었다.

과거의 경향으로 볼 때 모에코는 제3자가 출현하면 눈에 띄게 온순해지곤 했었다. 나와의 관계가 그다지 매끄럽지 못한 상태라 할지라도 다른 사람에게 정중하게 대하지 않으면 자기 자신을 컨트롤할 수 없기 때문이다.

말하자면 택시 운전사나 공항의 포터, 호텔 벨보이와 같은 이들마저 상대해 주지 않는다면 그 여자는 완전히 미쳐 버리게 된다. 자신과 전혀 상관없는 제3자와 정상적인 교류를 주고받음으로써 스스로를 통제하는 것이다.

가이드 청년과 그의 여자친구는 싱가포르에서는 보기 드물게 지적이며 세련된 젊은이들이었다. 모에코는 그 두 가지를 갖추지 못한 인간과는 눈길도 맞추지 않는다. 그녀는 두 젊은이의 방문을 진심으로 환영하는 눈치였고 그들이 선물로 가져온 뵈브 클리코를 남김없이 비운 후 댄서인 청년의 여자친구와 유쾌하게 몸을 흔들어댔다.

하지만 안타깝게도 그런 그녀의 모습이 정상이라고는 단언할 수 없다. 예전에 내게 쉴새없이 폭언을 퍼붓거나 한밤중에 스타킹으로 목을 졸랐을 때도 물론 비정상적이었지만 지금 그녀에게서는 이유를 알 수 없는 생기가 느껴졌다. 배우를 그만 둔 것에 혹시 원인이 있지 않나 해서 가이드 청년에게도 슬며시 물어 보았지만, 그는 난감한 얼굴로 고개만 저을 뿐이다. 모에코가 일찍 잠자리에 든 후 나와 가이드 청년, 청년의 여자친구는 술잔을 앞에 놓고 마주앉았다.

"그녀는 천재적인 재능을 가진 배우요."

"그건 저도 알 것 같습니다."

"그녀가 배우를 그만 둔다는 것은 몸 속에 감추어 둔 에너지를 밖으로 분출시키지 못하고 있다는 뜻이지."

"그 에너지가 결국엔 광기가 되어 혼마 씨를 미치게 만든다는 말씀입니까?"

내가 고개를 끄덕이자 청년은 의아한 표정을 지었다.

"제 생각에 혼마 씨는 항상 무언가를 연기하고 있는 것 같아요."

댄서인 여자친구가 우리의 대화에 끼어들었다.

"연기?"

가이드 청년이 되물었다. 우리들은 영어로 이야기하고 있었다. 영어는 매우 명쾌한 언어라 뜻이 정확히 전달되기는 하지만 역시 세심한 표현에는 다소 어려움이 따른다.

"무얼 연기하고 있다는 말이죠?"

"순수한 여자, 또는 리얼한 여자."

이 말을 끝으로 대화는 중단되었다. 우리는 한동안 아무 말 없이 앉아 있다가 잘 자라는 인사 한마디 없이 각자 방으로 들어가 깊은 잠에 빠졌다. 이제 와 생각해 보면 그날 밤 가이드 청년과 그의 여자친구와 이야기를 더 나눴어야 했다.

깊은 밤, 몇 시쯤인지 알 수는 없지만 모에코가 침대를 빠져나가는 기척이 느껴져 슬며시 눈을 떴다. 창 밖에는 짙은 안개가 흐르고 있었고, 내 눈에는 천천히 움직이는 유백색의 공기와 침대 옆에 서 있는 모에코의 새하얀 발이 흐릿하게 떠올랐다.

얼마나 시간이 지났을까. 베트콩들의 야간기습으로 언제 목숨을 잃게 될지 알 수 없는 밤에도 졸지 않는 병사는 없다. 피곤해서가 아니라 각성제의 힘으로 밤새 부대를 지키고 있을 아군 보초들의 존재를 잊기 위해서다. 여기도 정글이다. 나는 스스로를 일깨웠다. 내가 지금 누워 있는 곳은 스웨덴제 침대가 아니라 메콩 삼각지의 축축한 대지 위다. 그때는 바로 옆에 베트남군의 작전장교가 누워 있었지만 지금은 나 혼자뿐이다. 게릴라 부대를 추격하고 있을 때 나는 가늘게 뜬 시야로 쉴새없이 쏟아져 내리는 유성들을 보았다. 정글의 축축한 공기 속을 찢으며 함성을 지르고 날아가던 별들은 화려한 광채를 내며 스러져 갔다. 빛의 꼬리를 매달고 날아오는 유성처럼 모에코는 어느새 내 앞에 서 있었다.

"사진 찍어 주세요."

그녀의 손에는 총이 아닌 카메라가 들려 있었다. 어린 아이와 같이 순진한 표정과 맑게 개인 눈빛 앞에 마주친 순간, 잡지를 단단히 말아쥐고 서 있는 내 모습이 부끄럽고 초라했다. 그것은 손과 발이 찢겨나간 채 만신창이로 나뒹구는 시체들을 앞에 두고 '나는 무엇 때문에 베트남에 왔는가?' 라고 스스로에게 물었을 때의 느낌과 흡사했다.

모에코는 한동안 잠자코 서 있었다.

나는 그녀의 주문에 조종당하는 몽유병자처럼 기계적인 동작으로 카메라에 스트로보를 끼우고 필름을 넣었다.

'모에코, 웃어 봐.'

촬영할 때마다 늘 외치는 말이었지만 입안이 말라붙어 도저히 소리를 낼 수가 없었다. 혓바닥이 사포처럼 까끌거렸다.

셔터소리와 스트로보의 빛이 방안을 가득 채우고, 모에코는 그때마다 조금씩 다른 표정을 지었다. 종군기자 시절로 돌아간 것처럼 열정적으로 그녀의 실루엣을 잡아 나갔다. 그리고 사진을 찍은 그날 밤 이후 모에코는 어디론가 모습을 감추었다.

지금 생각해도 이해하기 어려운 일이지만 나는 모에코가 언제 사라졌는지 전혀 기억해 낼 수가 없다. 필름 한 통을 모두 찍어 그녀에게 건네 준 뒤 다시 침대로 들어

간 사이에 나간 것인지, 아니면 필름을 받자마자 그 길로 프레저 힐을 떠난 것인지, 혹은 사진을 찍는 순간에 연기처럼 날아가 버린 것인지 기억나지 않는다. 극도의 긴장 상황이 지난 후 기억이 희미해지는 현상은 전쟁터에서는 흔한 일이다. 병사들은 대부분 자신이 어떻게 캠프로 돌아왔는지조차 기억하지 못한다. 늪을 건너왔는지, 트럭이나 지프를 탔었는지, 아니면 포복자세로 기어들어 왔는지, 헬리콥터를 탔다면 시간이 밤인지 낮인지, 열린 문 사이로 몰려든 차가운 바람이 젖은 옷소매 사이로 파고들어 손과 발이 떨어져 나갈 듯 얼어붙었는데 그것이 어제 일인지, 아니면 한달 전의 일인지…….

모에코는 사라졌다. 확실한 것은 그것뿐이다. 옷과 화장품, 보석, 그녀의 소지품도 함께 모습을 감추었다. 가이드 청년이 프레저 힐의 택시 회사와 호텔, 식당, 그리고 지역 경찰에게까지 연락을 취해 보았지만 모에코의 흔적은 찾을 수 없었다. 짙은 안개와 습한 공기로 둘러싸인 정글 지대라, 지난밤 그녀를 태웠던 택시 운전사가 아직 출근하지 않았거나 어디선가 차를 빌려 그녀가 콸라룸푸르로 떠나 버렸을지도 모르는 일이다. 여기서야 돈만 있으면 경찰을 매수하는 것도 그리 어려운 일이 아니니까……. 가이드 청년과 나는 그녀 안에 어떤 변화가 생겼음을 직감했다.

모에코는 결코 자살 따위는 하지 않는다.

애매한 나의 기억 속에는 그녀가 언제 어떻게 사라졌는지에 대한 작은 힌트도 남아 있지 않았다.

싱가포르로 돌아와 새해를 맞이하고 아내와 함께 풀사이드를 뛰어다니는 아들녀석을 흐뭇한 얼굴로 바라볼 때쯤, 나는 거의 모든 기억을 잃어버리고 말았다.

모에코는 그때 어떤 옷을 입고 있었던가? 순백의 실크 원피스? 물방울무늬의 재킷 같기도 하고, 핑크빛 마 블라우스와 스커트 차림이었던 것 같기도 하다. 아니면 네글리제 위에 내가 빌려 준 셔츠를 덧입었거나 실오라기 하나 걸치지 않은 전라(全裸)의 모습이었는지도 이젠 모른다.

연휴가 지나고, 브뤼셀과 암스테르담, 프랑크푸르트 등지에서 정크 본드를 사들이거나 오스트레일리아 항공 회사의 캘린더 촬영에 눈코뜰새없이 바빠졌을 즈음에는 모에코가 프레저 힐에 머물렀던 기억마저 희미해졌다. 내 볼에 남겨진 상처는 이미 완전히 아물었고, 마지막으로 그녀를 찍었던 필름도 남아 있지 않았다. 정말로 나는 그녀의 사진을 찍긴 찍었던 걸까? 셔터의 요란한 소리는 귓전에 남아 있지만 종군기자 시절의 기억과 겹쳐져 도무지 분간할 수가 없다. 가이드 청년에게 전화를 걸어 확인해 볼까도 생각했지만 '모에코 씨요? 그분이 누구십니까? 잘 모르겠는데요' 하는 생경한 대답이 돌아올까 두려워 그만 두었다.

봄이 되자 이제는 모에코라는 여자가 실존했던 인물이었으며, 나와 모종의 관계였다는 사실조차 확신할 수 없었다. 그녀의 얼굴과 몸매, 발, 겨드랑이, 목덜미, 허리…… 모든 것이 꿈을 꾼 것처럼 아득하기만 했다.

클라우스 케처멘이 '블랙홀'이라 부르던 함정 속으로 모에코는 완전히 빨려들어갔다. 그녀가 사라져 버린 지금, 내 안의 블랙홀은 전보다 몇 배나 커져 있다. 사진일만은 계속해 보려고 필사적으로 노력하고 있지만, 이젠 더 이상 별장에 가거나 사냥여행을 떠나는 일도 그만 두고 그저 알코올에 의지해 하루하루를 견디고 살았다. 옆에서 보다 못한 친구의 권유로 나는 정신과 의사를 찾아가 면담을 해 보기로 마음먹었다.

"모에코라는 여성이 있었지요?"

나는 멍한 표정으로 고개를 끄덕였다.

"어떤 사람이었는지 기억이 잘 나지 않는다고요?"

그렇습니다.

"그 사람은 당신을 괴롭혔습니까?"

모르겠습니다.

"아니면 당신에게 기쁨을 주었습니까?"

모르겠습니다.

"그녀에 대한 일이 지금도 신경쓰이십니까?"

모르겠습니다.

모르겠어요.

아무 것도 기억나지 않는다니까요.

몰라요.

모르겠습니다.

수십 번이나 같은 대답을 반복한 후 나는 격앙된 어조로 소리쳤다.

"그 여자가 존재하느냐, 존재하지 않느냐는 아무 상관 없어!"

의사는 깜짝 놀라 잠시 머뭇거리다가 내게 반문했다.

"그렇다면 무엇이 문제입니까?"

내겐 더 이상 대답할 기력도 남아 있지 않았다. 이제 문제는 그녀가 아니라 나 자신이 실제로 존재하고 있는 가 하는 것이다.

모에코 이야기

그렇다, 나는 이제 내 안의 쓸쓸한 리조트의 주민이 되었다. 그게 언제부터인지는 확실히 기억나지 않는다.

카리야라는 이름을 가진 사자(死者)를 따라 정글에 들어갔을 때부터인지, 아니면 정글로부터 빠져나온 다음부터인지 알 수가 없다. 진심으로 그의 피사체가 되고 싶었을 때 그는 이미 싸늘한 주검이 되어 있었다. 정글 속 잎사귀에 붙어 있던 거머리들에게 나는 몇 번이나 피를 빼앗겼다. 생각만 해도 구역질나는 일이지만 당시에는 그리 기분 나쁘지 않았다. 거머리는 성냥개비만한 몸뚱이 양면으로 빨판이 달려 있어 한쪽 면을 잎사귀에 고정시킨 뒤 다른 한쪽으로 먹잇감을 찾는다. 카리야 씨가 사냥이라는 명목으로 멧돼지를 찾아다니고 있을 때, 나는 거머리들과 대화를 나누고 있었다. 나는 내 하얀 팔뚝 위에서 피를 빨아낸 데 대한 보답으로 거머리에게 라이터 불의 열기를 선사하기도 했다. 20초 아니, 30초 넘게 불 속에 넣어도 거머리는 결코 죽지 않았다. 이것만 보아도 정글의 지배자는 호랑이가 아닌 거머리라는 사실을 입증할 수 있다. 정글의 왕자가 거머리라면 여왕은 '귀룡설란(鬼龍舌蘭)'이다. 귀룡설란이란 내가 멋대로 붙인 이름인데, 용의 혀만큼이나 거대한 식물이다. 잎사귀 한 장의 폭이 15센티미터에 이르고, 길이는 5미터나 되기 때문에 햇볕이 들지 않는 정글 한가운데서도 그 식물은 쉽게 눈에 띈다. 카리야라는 이름의 사자가 사냥감을 향해 크로스 보우를 조준하고 있을 때 나는 귀룡설란의 커다란 잎이 뒤틀려 있는 것을 보았다. 바람 한 점 없는 후텁지근한 공기 속에서 다른 나무들의 잎은 까닥도 하지 않는데, 유독 귀룡설란의 넓은 잎사귀만이 거대한 손바닥을 흔들어대며 하늘거렸다. 래플스 호텔의 선풍기처럼 나는 그 잎들과 대화를 나눌 수 있을 것 같은 기분이 들었다. 다정한 손짓에 대한 답례로 자장가를 불러줄까, 텔레파시로 말을 걸어 볼까 고민하는 동안 잎들은 사각사각 소리를 내며 내게 이렇게 속삭였다.

'저 녀석은 방해가 되니까 네가 죽여주지 않을래?'

귀룡설란이 가리키는 것은 카리야 씨였다. 그래서 나는 서둘러 보우 건을 꺼내 단번에 그를 쏘아 버렸다. 그러나 총알은 아슬아슬하게 빗나가 그만 옆 나무줄기에 박히고 말았다.

내가 원하는 것은 사진이다. 나는 늘 완벽했고, 연기에 대한 감각은 어머니의 자궁에서 나온 이래 단 한 번도 틀린 적이 없다. 개보다 자연스럽게, 또는 무성 영화 출신의 배우처럼 부자연스럽게 연기할 수 있는 나는 단 한 번을 제외하고는 다른 연기자를 부러워한 일이 없다. 그 한 번이란 죽음을 목전에 둔 어느 여배우의 폴라로이드 사진을 보았을 때였다. 병실 탁자 위에 놓인 티슈를 얇게 잘라 양손에 소복이 올려놓고 훅, 하고 날리는 순간을 셀프 타이머로 잡았다는……. 그 사진을 보고 나는 죽고 싶을 만큼 그녀가 부러웠다. 그녀는 렌즈를 향해 미소짓고 있었는데, 그토록 아름다운 미소는 천재적인 배우인 나조차 흉내낼 수 없는 천상의 미소였다. 이제 쓸쓸한 리조트의 주민에게 촬영을 부탁하는 수밖에 달리 도리가 없다.

나는 래플스 호텔의 선풍기와 100만 마리의 거머리, 그리고 5미터에 달하는 긴 팔을 가진 친구들을 데리고 비치 리조트에 왔다. 그리고 이미 고인이 된 잔느가 묵었던 방에 머물기로 하였다.

아직 나의 의사를 표현하는 데 서투르기 때문에 다른 사람들과 친해지기는 어려울 것 같다. 이토록 한산한 리조트가 어째서 이제까지 사라지지 않았는지 집주인에게 물어보자, 그는 1년에 한 번씩 열리는 축제 덕분이라고 대답했다. 축제기간에는 바닷가 어느 항구에 수정으로 만든 배가 나타나는데 신비한 광채를 뿌리면서 출항하는 모습이 장관이라는 것이다.

나는 과연 죽은 여배우가 남긴 미소 이상의 것을 얻을 수 있을까. 아직 기회는 남아 있다. 무엇보다 나는 이곳 생활에 익숙해져 있고 게다가 그녀는 죽었지만 나는 이렇게 살아 있기 때문이다.

#싱가포르 5
유이키 이야기

여배우가 묵었던 케네디스 룸은 이미 절반 가량 벽지를 뜯어낸 상태였다. 래플스 호텔은 팜코트와 라이터스바 등 일부를 제외하고 전면적인 개보수 공사에 들어갔다. 훗날 다시 문을 열게 되겠지.

나는 미스터 덩컨의 양해를 얻어 케네디스 룸에 들어가 보았다. 어쩐지 우울한 느낌…… 나답지 않은 모습이다. 여배우가 사라진 지 벌써 넉 달이나 지났지만 부유한 중년남자로부터 단 한 번의 전화연락도 없다. 꽃값은 물론 여배우의 숙박비까지 모두 계산해 주었으니 그것으로 충분하지만.

지금 내가 맡고 있는 손님은 3개월에 걸쳐 동남아시아를 여행하고 있다는 프랑스의 중년부인이다. 컴퓨터의 소프트웨어인지, 신소재를 이용한 골프 슈즈인지 확실치는 않지만 전 세계의 지점망을 관리하는 책임자라고 했다. 3년 동안 단 하루의 휴가도 얻지 못한 채 일에만 몰두했었기 때문에 회사로부터 3개월이라는 긴 휴가를 얻어 냈다는 것이다.

육체적으로도 진한 서비스를 요구할 것 같은 불길한 예감이 들긴 하지만 서양인치고는 체취도 그리 심하지 않고 모차르트에 대해 이야기할 정도의 수준은 되니 그런 대로 지루하지는 않을 듯싶다.

뜯어낸 벽지와 가구들이 뒤엉켜 있는 케네디스 룸을 나오는데 천장에 매달린 선풍기가 휭, 하고 허무한 날갯짓을 하였다.

바로 그 순간 나는 여배우가 어딘가에 살아 있으리라 확신했다.

아니, 어쩌면 예전에 마토가 말했던 것처럼 다른 혹성에서 지구를 탐사하기 위해 나왔다가 다시 돌아갔는지도 모를 일이다.

어쨌든 확실한 것은 그 여배우와 만난 이후부터 아무리 괴팍한 손님과 마주친다 해도 결코 놀라거나 두려워하지 않을 자신이 생겼다는 사실이다.

나중에 새로운 모습의 래플스 호텔이 완성되면 미스터

덩컨에게 부탁하여 'MOEKO'라고 새겨진 금속 플레이트로 방 입구를 장식하도록 일러야겠다.

여배우는 래플스 호텔과 참으로 완벽하게 어울렸다.

권위로 똘똘 뭉쳐진 것들에 대한 날카로운 일침

무라마츠 토모미(일본 출판평론가)

무라카미 류가 데뷔한 것은 내가 츄오고론샤(中央公論社)에서 '우미(海)'라는 문예 잡지의 편집을 담당하고 있을 무렵이었다. 그의 등장은 지금도 선례를 찾아볼 수 없을 만큼 인상적이었는데 〈한없이 투명에 가까운 블루〉로 군죠(群像) 신인상을 수상한 자체가 매우 쇼킹한 사건이었다.

동료인 야스하라 켄과 나는 '우미' 야말로 구태의연한 편집 방침에서 벗어난 문학 잡지라고 자부하고 있었지만, 무라카미 류의 출현에는 우리 두 사람 모두 혀를 내두르고 말았다. 순수 문학 잡지의 신인상이란 본래 판에 박힌 스토리가 대부분을 차지하는데다 그저 그런 재능을 약간의 허풍을 곁들여 과장하는 것이라고 내심 깔보

214

고 있던 참이었다. 그의 등장으로 인해 나의 고정관념은 여지없이 깨져 버린 셈이다.

"이건 말도 안 돼."

야스하라와 나는 찻집에 마주앉아 감탄사를 연발하며 수상 기사를 읽어 내려갔다. 다음 날 야스하라는 고단샤의 편집부에 전화를 걸어 무라카미 류의 연락처를 물어보았지만, 군죠상 담당자는 그의 전화번호를 가르쳐 주지 않았다. 그 사실만으로도 무라카미 류의 신인상 수상이 얼마나 이례적인 사건이었는지 대변해 준다.

나는 당시 어느 잡지의 고정 칼럼을 맡고 있었는데, 신인 무라카미 류의 놀라운 재능을 아쿠타가와(芥川龍之介 : 1892~1927. 필명은 류노스케이며 '라쇼몬'으로 유명한 시대의 불안을 가장 명확하게 인식한 지식인)상의 선정위원들은 어떻게 생각하는지에 대해 썼다. 류는 〈한없이 투명에 가까운 블루〉로 군죠 신인상과 아쿠타가와상을 수상했다. 사실 그 정도의 화려한 데뷔라면 새삼스레 논제로 삼을 가치조차 없을 것이다. 무라카미 류의 작품은 일본 사회에 일종의 센세이션을 일으키고 있었으므로 솔직히 작품의 문학적 가치를 인정하기도 쉬운 작업은 아니었을 것이다. 다시 말해 〈한없이 투명에 가까운 블루〉는 아쿠타가와상 선정위원들을 괴로운 시험대에 오르게 한 작품이다.

아쿠타가와상을 수상하면서부터 작품은 놀라운 영향력을 발휘하게 되었다. 선정위원들도 단순한 사회적 이슈로 취급되었던 작품의 문학적 본질을 꿰뚫어 본 것이다. 수상작이라는 명성으로 인해 작품에 대한 평가가 높아질 즈음 그에 대한 반발도 만만치 않았다.

어떤 평론가는 '서브 컬처(sub culture, 하류 문화)'라는 말을 사용하여 문학의 정통성을 무시한다고 비판했고, 아쿠타가와상 선정위원 중 한 사람은 무라카미 류에게 '너무 많은 작품을 집필하지 말 것'을 충고하기도 했다. 그의 데뷔작은 문예지의 편집자들에게 있어 매우 민감한 작품인 것만은 확실하지만, 그것은 작가의 장래를 놓고 볼 때 그리 좋은 결과가 아니다.

류의 작품은 늘 순수문학이라는 겉껍질을 과감하게 조롱하고 있다. 이것은 〈태양의 계절〉로 등단한 이시하라 신타로(일본의 소설가, 정치가. 기성 가치에 반발하는 〈태양의 계절〉로 아쿠타가와상 수상) 이래 처음 있는 일이다. 이시하라의 출현에서부터 무라카미 류, 야마다 에이미(〈Soul Music Lover's Only〉로 97회 나오키상을 받은 여류 작가)로 이어지는 사이에는 단단한 연결고리가 있다.

삼류 소설. 진부한 말이긴 하지만 그것을 전면에 내건 무라카미 류의 전략은 관객들로부터 환호와 질타를 동시에 받았다. 데뷔작으로 주목을 받은 후 소리 없이 사라져 가는 수많은 신인작가들 가운데 무라카미 류는 단연 빛나는 존재였고, 그 이후에도 오직 자신만의 색깔을 입힌 작품들을 쉴새없이 쏟아내며 무서운 기세로 질주하고 있다. 이처럼 무라카미 류는 뒤를 돌아보지 않는 진보적인 작가이면서, 향수를 자극하는 식의 틀에 박힌 방식에서 철저히 벗어나 있는 독특한 스타일을 고집하는 작가이다.

그런 그가 옛 정취가 물씬 풍겨 나오는 싱가포르의 래플스 호텔을 무대로 소설을 썼다. 래플스 호텔은 소설가 서머셋 몸이 즐겨 찾았다는 유서 깊은 호텔이다. 그처럼 고풍스러운 장소에서 그는 어떤 세계를 창조하려 했던 것일까.

이 소설은 영화 '래플스 호텔'의 소설화라는 점을 강조하고 있는데, 긍정적인 의미로 그 작업은 불가능하다. 개인적으로 영화 '래플스 호텔'은 소설로 가공할 수 없을 만큼 복잡한 작품이라고 판단하기 때문이다. 그런데 이 소설에는 영화에서 추구했던 자극적인 이미지가 새로운 형태로 녹아 들어 있다. 영화가 소설의 기본 바탕이 되고, 영화를 만들 때 곳곳에 새겨 놓았던 자극적인 기호가 소설에서는 또 다른 스타일로 해석되고 있는 것이다. 그러나 소설가란 모든 사물을 소설화시키는 사람이므로 어쩌면 이건 당연한 결과일지도 모른다. 하지만 이런 내밀하고 심도 있는 묘사는 극히 소수의 선택받은 소설가만이 가능한 작업이다.

영화를 위해 만든 각본, 촬영을 통해 만난 여배우, 싱가포르의 래플스 호텔과 말레이시아 정글의 프레저 힐. 독특한 집필환경과 로케 장소 하나하나가 영화감독인 무라카미 류에게 끝없는 자극을 안겨 주었고 이것은 소설의 기본 재료가 되었다. 만약 소설을 자극 없이는 쓸 수 없는 장르라고 한다면 이 작품은 가장 완벽한 환경에서 쓰여졌다고 단언할 수 있다.

독특한 감성을 지닌 여배우, 베트남 전쟁을 체험한 카메라맨, 식민지풍의 래플스 호텔.

결코 어울리지 않고 겉도는 일련의 소재를 단순히 감상주의적인 시각으로만 엮으려 했다면, 그의 작품은 분명 삼류에 머물고 말았을 것이다. 무라카미 류는 '소설화' 라는 아슬아슬한 다리를 항상 그렇듯이 명쾌한 자신만의 스텝으로 무사히 건넜다. 자신의 감성과 호흡을 엄격하게 지키고, 구성을 흐트러뜨리지 않으면서 광기어린 즉흥곡을 만들어 낸 것이다.

이 작품은 그의 충격적인 데뷔작인 〈한없이 투명에 가까운 블루〉나 작가로서의 지위를 확고히 다지는 계기가 되었던 〈코인 로커 베이비스〉, 혹은 계속적으로 쏟아져 나온 다양한 장르, 다종한 글감들을 가지고 선보인 여타 작품 속에 묻혀 버릴 수도 있다. 그러나 나는 이 책 〈래플스 호텔〉은 무라카미의 소설 중에 손꼽을 만한 수작(秀作)이라고 자신한다. 등장인물이 각자의 시점에서 내면세계를 이야기하는 특이한 구성이 맘에 들거니와, 새롭게 그의 손맛을 음미할 수 있는 '회화체'의 맛을 즐길 수 있다는 점도 황홀한 매력 중의 하나이다.

〈래플스 호텔〉의 중요한 배경이 되고 있는 베트남전과 뉴욕은 무라카미 류다운 설정이다. 래플스 호텔이라는 추억의 장소에 현대적인 감각을 입히기 위해 뉴욕과 가나자와, 싱가포르, 프레저 힐과 같은 다양한 배경을 사용한 후 마지막에 자유분방과 인생에 대한 자긍심이 높은 일본인 가이드에게 앵글을 맞추는 식의 아이디어가 매우 독특하다. 아련한 환상 속으로 독자들을 불러들인 다음 슬쩍 자리를 피하는 그만의 세련된 감각이 다시금 느껴지는 대목이다.

무라카미 류는 아직도 질주를 멈추지 않고 있다. 아니, 오히려 그 속도를 맹렬하게 높이며 권위로 똘똘 뭉쳐진 것들에 일침을 가하고 있다. 나는 그런 그의 모습을 흥분된 눈빛으로 주시하고 있다. 충격적으로 데뷔한 시절부터 나는 줄곧 그를 지켜보리라 다짐한 사람이다.

편집자의 시간을 보내면서 새 달력을 여러 차례나 찢었지만 아직도 내게 무라카미 류라는 작가를 항상 경이롭게 바라볼 수 있는 날들이 충분히 남아 있어서, 난 행복하다.

공간에 대한 환상
_류는 어떤 삶을 보여 주고 싶었던 것일까?

하재봉(작가, 영화평론가)

그러고 보니 그 동안 류와 꽤 친하게 지냈던 것 같다. 서점에 갈 때마다 류의 책이 눈에 띄면 구입을 했었다. 소설이든 요리책이든 수필집, 모든 종류를 가리지 않았다.

류는 참 탐욕스럽다. 이것저것 가리지 않고 전방위적으로 촉수를 뻗어 움켜쥔다. 그의 손안에 붙잡히면 하잘 것없이 보이던 사물도 금빛의 언어로 둔갑을 한다.

29년 전, 류가 24살 때 쓴 〈한없이 투명에 가까운 블루〉가 아쿠타가와상을 받았을 때 나는 대학생이었고 그때부터 나는 그의 독자였다.

〈한없이 투명에 가까운 블루〉는 우리 나라에서 번역 출간되자마자 마약, 혼음 등의 소재 때문에 검열 당국에

의해 판매금지 처분을 받았지만 나는 그의 책을 출간 즉
시 구입했기 때문에 아직도 그 소설을 갖고 있다. 뒤에
류시화 씨가 번역한 〈한없이 투명에 가까운 블루〉가 재
출간되어서 지금 류의 독자들은 대부분 류시화 씨의 번
역본을 갖고 있을 것이다.

류는 작가이면서 방송, 영화, 대중문화의 전 분야에 걸
쳐 탐욕스러운 활동을 벌이고 있다. 류가 기웃거린 문화
의 영역은 나보다 훨씬 다양하고 문화적 생산물도 훨씬
더 많다. 나는 그에게서 일종의 동류의식을 느낀다. 우
린 한 번도 만난 적이 없지만 나는 그의 내부를 염탐해
본 적이 있는 것처럼 느껴진다.

〈래플스 호텔〉은 영화로 먼저 만들어진 이야기이다.
이 소설의 원 텍스트는 류 자신이 감독한 영화 '래플스
호텔'이다. 류는 자신의 소설을 각색·감독한 〈토파즈〉
〈교코〉 등으로 영화감독으로도 인정을 받았다. 〈교코〉
같은 경우는 97년 제1회 부천 국제 판타스틱 영화제에도
출품되어 국내 영화팬들에게 선보인 바 있다.

류가 영화감독을 하고 있다는 것을 처음 안 것은 이창
동 감독(현재는 문화관광부 장관임)을 통해서였다. 그때는
이창동 감독이 아니라 작가 이창동 씨였다. 그와 난 문

학 월간지 '문학정신'의 편집위원으로 1년 넘게 함께 일한 적이 있는데 류의 영화감독 데뷔작 〈한없이 투명에 가까운 블루〉 비디오 테이프가 있다는 것이다. 그때서야 나는 '이창동 씨가 영화에도 관심이 있구나!' 하는 것과 '류가 감독도 했구나!' 라는 두 가지 사실을 한꺼번에 알았다. 나중에 이창동 씨가 박광수 감독의 '그 섬에 가고 싶다' 연출부에 들어가 정식으로 충무로 생활을 시작할 때, 그가 우연히 류의 테이프를 갖고 있던 것이 아니라는 것을 깨달았다. 그들에게 기분이 나쁜 이유는 내가 하고 싶은 일을 항상 그들이 나보다 먼저 한다는 것이다.

나는 류의 〈69〉나 〈코인 로커 베이비스〉, 〈무라카미 류의 영화 소설집〉 등을 특히 좋아한다. 류의 영화 소설집을 읽고 있을 당시, 나는 삶이 내게 준 상처를 어떻게 치유할 수 없어 허둥대고 있었다. 류의 소설을 들고 이대 후문 근처의 찻집 '라리'에 앉아 커피를 마시며 천천히 책을 읽었다. 결코 서두르지도 않았다. 며칠 동안 마치 정해진 일과처럼 그 찻집에 가서 류의 소설을 읽었다. 책을 다 읽고 났을 때 나는 내 삶의 상처로부터 훨씬 자유로워져 있었다.

류의 소설은 크게 두 가지 부류로 나눌 수 있는데 〈한 없이 투명에 가까운 블루〉나 〈69〉처럼 개인적 경험이 녹아 있는 소설과 〈코인 로커 베이비스〉나 〈피지의 난쟁이〉처럼 허구적 구성으로 완벽하게 창작된 경우이다.

〈래플스 호텔〉은 이런 두 가지 성향의 중간 지점에서 탄생된 작품이다. 싱가포르에 실재하고 있는 '래플스 호텔'이라는 특정한 공간이 환기시켜 주는 여러 가지 이미지들이 이 작품 속에는 은은하게 배어 있다. 그것은 가령 독일 점령 시절 프랑스를 무대로 한 패트릭 모디아노의 소설처럼 미묘하고 섬세한 울림을 전해 준다.

나는 아직 영화 '래플스 호텔'을 본 적은 없지만 관심이 간다. 영상 이미지를 언어적 상상력으로 풀어 간다는 것은 어려운 일이다. 그래도 류 정도의 힘있는 작가니까 영화를 소설로 옮긴 여타의 영상소설과는 다른 별도의 작품으로 소설 〈래플스 호텔〉이 탄생된 것이다.

소설은 다양한 인물들의 시점으로 전개된다. 사진작가 카리야 토시미치와 여배우 혼마 모에코가 이야기의 중심에 서 있고, 그 둘을 객관적으로 관찰하는 싱가포르의 여행 가이드 유이키 다케오가 등장한다. 그들은 각각 1

인칭 화자로서 이야기를 끌어나가고 있다. 같은 상황을 각기 다른 화자들의 시점으로 다르게 풀어감으로서 인물들의 내면을 엿보는 재미를 주는 것이다.

소설의 공간적 배경은 뉴욕에서부터 여배우의 세 번째 영화촬영지인 가나자와, 그리고 사진작가가 도피하는 싱가포르, 마지막으로 말레이시아 프레저 힐로 옮겨간다. 로드 무비처럼 소설은 공간을 따라 이동한다. 겉으로는 자기를 떠난 남자를 쫓아가는 여자의 집요한 추적으로 보이지만, 그러나 이 소설에서 정말 보이지 않게 중요한 역할을 하는 것은 카메라의 존재이다.

왜 여배우는 사진작가에게 그토록 집요한 집착을 하는 것일까?

그녀의 진술에서 알 수 있다.

'35밀리 필름을 넣은 카메라만이 내겐 두렵고도 아름다운 존재이다', '카메라 앞에서 거짓말은 통하지 않는다', '내가 원하는 것은 사진이다. 나는 늘 완벽했고, 연기에 대한 감각은 어머니의 자궁에서 나온 이래 단 한 번도 틀린 적이 없다.'

여배우 혼마 모에코는 '상대를 똑바로 쳐다보면서 얌전한 말투로 이야기하고 있지만, 눈동자는 앞에 앉은 내가 아닌 먼 곳에 있는 누군가를 향하고' 있는 여자이다. 이 세상에서 그녀가 제일 싫어하는 것은 남들이 그녀를 이해해 주는 것이다. 그녀는 일탈을 꿈꿀 때마다 브레이크를 걸어 줄 그런 존재를 필요로 한다. 사진은 현실의 시 · 공간을 멈추게 해서 순간을 붙잡게 해 준다.

사진작가와 여배우의 정서가 가장 밀접하게 만나는 지점은 사진작가가 월남전에서 만난 야생란을 이야기할 때이다. 적군을 피해 극도의 피로 속에서 도망치던 중 사진작가는 야생란 군락지를 만난다. 현란한 빛깔과 은은한 향기는 현실인지 환상인지 구분할 수 없을 정도로 강렬하게 그를 사로잡는다. 그런데 여배우를 처음 본 순간 사진작가는 그녀에게서 난초 같은 향기를 맡는다.

〈래플스 호텔〉의 밑바닥에는 월남전이라는 상처가 깔려 있다. 사진작가의 월남전 체험은 모든 걸 삼켜 버리는 블랙홀처럼 그의 전(全) 존재를 집어삼킨다. 그것은 전장에서 돌아와 샤워를 한 후 사이공 강물 위로 빛나는 석양을 바라보며 마시던 맥주처럼 잊을 수 없는 것이다. 그는 베트남을 떠올릴 때마다 두려움과 동시에 묘한 해방감에 젖는다.

"하늘에는 별이 가득하지. 하지만 별 하나하나는 서로 멀리 떨어져 있기 때문에 외로울 수밖에 없어. 반짝이는 밤하늘은 그저 눈에 보이는 단편적인 세계일 뿐이지, 이해하겠어?"

그러나 전장에서 일상으로 돌아온 지금 사진작가는 예전의 팽팽했던 긴장감을 잃어버리고 여배우는 단언한다.

"당신은 정글을 잊지 못할지 모르지만 정글은 당신을 잊었어요."

그리고 그로부터 더 이상 전장의 극한 상황이 주는 생기를 찾을 수 없다는 것을 깨닫는다.

'진심으로 그의 피사체가 되고 싶었을 때 그는 이미 싸늘한 주검이 되어 있었다.'

과거의 참혹한 기억 때문에 고통스러워하는 카리야 토시미치나 일상적 현실 너머에 있는 영원 불변의 세계를 찾고자 하는 혼마 모에코 같은 사람, 그 반대편엔 유이키의 여자 친구 마토 같은 사람이 있다. '정조관념이나 윤리의식의 차원을 넘어 인생의 정수를 깨달은 사람들. 그들은 섹스와 마약, 술, 요리, 모든 것에 이미 통달해 있어 어느 한쪽으로 치우치는 법이 없다. 즐기기는 하지만 그렇다고 한 가지에 지나치게 집착하거나 얽매이지 않는다.'

류는 어떤 삶을 보여 주고 싶었던 것일까?

그 자신은 마토 같은 삶을 살고 싶어하지만, 카리야처럼 과거의 상처로부터 결코 자유롭지 못한 것이 아닐까?